Logistikk og reisehinder: 129
Ankomst til den afrikanske kysten: 132
Erfaringer med lokalbefolkningen: 135

KAPITTEL 12 – PIVOTALT ØYEBLIKK – GUDDOMMELIG INTERVENSJON 145

I Afrika, ved en moske 147
I en kirke 147
I et tempel 148
I Europa, innenfor en katedral 148
I Asia, ved en moske 148
I et buddhistisk tempel 149
I Amerika, i en felleskirke 149
Over hele kloden, en kollektiv følelse 149
En ny visjonær blåskytt i verk - 150

KAPITTEL 13 - MAD UNLEASHED: THE CATACLYSM OF WORLD WAR III BOOK TWO (2) 153

MAD ULOPPET 1 - LYDLENKE

Lengde – 2 timer, 26 minutter, 52 sekunder

https://spotifyanchor-web.app.link/e/s0K1xAS8zKb

Akt 1: Begynnelsen:
Kapittel 1: Introduksjon

I det minkende lyset fra det som en gang var en yrende metropol, sto Alex Mercer på toppen av restene av en knust skyskraper, med øynene rettet mot horisonten. Himmelen, malt i nyanser av brennende oransje og blodrødt, bar stille vitnesbyrd om galskapen som hadde utspilt seg. Tre forskjellige stier, som fingrene til en rasende gud, strakte seg oppover fra fjerne land, og markerte oppstigningen av atomstridshoder lansert av verdens supermakter: Amerika, Russland og Kina.

Alex, en tidligere urban oppdagelsesreisende som ble motvillig overlevende, hadde alltid hatt en fascinasjon for sivilisasjonens skjeletter. Nå var verden selv i ferd med å bli en stor, øde ruin. Eksplosjonene var fjerne, men budskapet var klart – menneskehetens hybris hadde endelig kulminert i sin ultimate dårskap. Da den første sjokkbølgen av lanseringene ga gjenlyd gjennom de hule kløftene av betong og stål, kunne Alex føle skjelvingene fra en ny æra som begynte.

Panikk hadde brøt ut i gatene nedenfor. Folk rykket i en vanvittig dans for å overleve, plyndret butikker, kapret biler og tråkket over hverandre i et desperat forsøk på å finne ly. Samfunnets tynne finér, som så lenge ble opprettholdt av løftet om orden, hadde blitt svidd bort på bare noen øyeblikk. I kaoset forble Alex en øy med skummel ro, ikke av likegyldighet, men fra en dyptliggende resignasjon over at verden de en gang kjente var ugjenkallelig tapt.

Da nattehimmelen ble satt i brann med kjølvannet av menneskehetens vrede, steg Alex ned fra sitteplassen deres, fast bestemt på å navigere i kaoset. De visste at den virkelige kampen lå foran – ikke bare kampen mot det uunngåelige nedfallet og miljøets kollaps, men kampen om menneskehetens sjel, da restene av verden snudde seg mot hverandre for å overleve.

Og så, med et tungt hjerte og en vilje stålsatt mot det kommende mørket, la Alex ut i ruinene. Historien om deres overlevelse var ennå ikke skrevet, men det ville være en fortelling ikke bare om utholdenhet, men om søket etter håp midt i verdens aske.

Alex: "Hallo? Er noen skadet?"

Overlevende 1: (Forsiktig) "Hvem er du? Du er vel ikke en av dem?"

Alex: "Nei, det er jeg ikke. Jeg heter Alex. Jeg leter bare etter forsyninger og prøver å forstå alt dette."

Survivor 2: (Skriver inn) "Gjør det fornuftig? Verden er borte, mann. Det er ingenting igjen å forstå."

Alex: "Det er alltid noe igjen. Vi kan bygge opp igjen, begynne på nytt. Hva heter du?"

Survivor 3: (Svak) "Gjenoppbygg? Med hva? Alt er ødelagt, alle er borte..."

Alex: "Ikke alle. Du er fortsatt her. Jeg er fortsatt her. Det er håp i det. Min gruppe og jeg, vi samler overlevende, prøver å finne et trygt sted."

Overlevende 1: "Et trygt sted? Finnes et slikt sted nå?"

Alex: "Det må. Vi har hørt rykter om en bygd nordpå. Det skal være sikkert, med ressurser og en sjanse for en ny begynnelse."

Survivor 2: "Rykter, ikke sant? Og hva om det bare er det, rykter?"

Alex: "Da finner vi et annet sted, eller lager et. Vi kan ikke gi opp. Det er ikke slik menneskeheten har overlevd så lenge."

Survivor 3: "Og hva om vi ikke vil bli med deg? Hva om vi vil bli her?"

Alex: "Det er ditt valg. Men jeg tror ikke det vil hjelpe deg å bli her. Det er bare et spørsmål om tid før raiders eller strålingssyken..."

Overlevende 1: (avbryter) "Ok, ok. Vi skjønner det. Hvordan vet vi at vi kan stole på deg, Alex?"

Alex: "Det gjør du ikke. Men akkurat nå er jeg den eneste som tilbyr en vei ut av dette stedet. Jeg kan ikke tvinge deg til å komme, men jeg vil ikke forlate deg hvis du vil bli med oss."

Survivor 2: (ser på de andre) "Jeg sier at vi tar sjansen på dette. Det slår å sitte her og vente på å dø."

Survivor 3: (nikker) "Ok. Vi blir med deg. Men hvis dette er en slags felle..."

Alex: "Det er det ikke. Og jeg skal gjøre alt i min makt for å holde deg trygg. La oss samle det vi kan og dra ut før kvelden faller."

De overlevende utvekslet blikk, flimren av håp gjenoppsto i øynene deres da de reiste seg for å bli med Alex.
* * *

Kapittel 2: Forhandlinger i siste liten for å avverge 3. verdenskrig – Nedtellingen til atomutveksling begynner

I de siste 24 timene før sammenbruddet av fredsprosessen, bringer verdens ledere og nøkkelfigurer til stede på møtet hver sine perspektiver, bekymringer og potensielle løsninger til bordet. Diskusjonene er spente, med den nylige proxy-krigen mellom Amerika, Russland og Kina og tapet av 5000 amerikanske marinesoldater som veier tungt på alles sinn. Trusselen fra Amerika om å angripe Russland og Kina har brakt verden til randen av atomkrig, og konseptet Mutual Assured Destruction (MAD) ruver over saksgangen.

Her er et sammendrag av diskusjonene fra hver part:

Dr. Kwame Adomako: Som talsmann for fred og en respektert diplomatisk skikkelse, oppfordrer Dr. Adomako partene til å vurdere de langsiktige konsekvensene av atomkrig. Han fremhever den humanitære krisen som ville oppstå og den irreversible skaden på planeten.

General Wei Feng: General Feng, som representerer Kinas militære interesser, uttrykker behovet for et sterkt forsvar, men erkjenner også viktigheten av å finne en diplomatisk løsning for å unngå unødvendig tap av liv.

General Victor Sokolov : Som en høytstående russisk militærtjenestemann er general Sokolov forberedt på å forsvare landet sitt, men forstår også alvoret i en atomutveksling. Han foreslår back-channel-forhandlinger for å redusere spenningene.

Cassandra "Cassie" Donovan :

En fredsaktivist, Cassie Donovan motsetter seg sterkt enhver form for eskalering og tar til orde for umiddelbare nedrustningssamtaler, og understreker behovet for å prioritere menneskeliv fremfor politiske maktspill.

Dr. Marcus Flint, Nuclear Watchdog :

Dr. Flint presenterer de dystre realitetene med atomnedfall og den globale virkningen av en atomkrig, og gir data for å overtale ledere til å gå tilbake fra randen.

Dr. Amara Khatun :

Dr. Khatun, en vitenskapsmann med ekspertise på miljøeffekter av krigføring, diskuterer den langsiktige økologiske virkningen av atomkrig og ber om en bærekraftig og fredelig løsning.

Imam Yasir Al-Fahim :

Imamen ber om tilbakeholdenhet og medfølelse, påberoper seg moralske og etiske hensyn, og behovet for å beskytte uskyldige liv på tvers av alle nasjoner.

Pave Seraphina I :

Som den åndelige lederen av millioner, snakker pave Seraphina I om det moralske imperativet for å unngå krig og rollen som tilgivelse og dialog i å løse konflikter.

President Jianyu Chen :

Kinas president understreker landets rett til å forsvare seg selv, men utvider også et tilbud om fornyede samtaler, og understreker de økonomiske og sosiale konsekvensene av krig.

Mikhail Ivanov :

Ivanov, en erfaren diplomat, forsøker å deeskalere situasjonen ved å foreslå et nytt rammeverk for fredsforhandlinger, som trekker på historiske presedenser for vellykket nedrustning.

Eleanor Harwood : Som en innflytelsesrik senator med en sterk stemme i internasjonal politikk, argumenterer Harwood for en fast holdning mot aggresjon, men er åpen for diskusjon om våpenreduksjon.

President Alexandre Durand : Den europeiske lederen ber om våpenhvile og gjenopptakelse av fredssamtaler, og understreker behovet for en enhetlig internasjonal respons for å forhindre ytterligere eskalering.

President Katherine "Kate" Marshall : Den amerikanske presidenten er under enormt press for å svare på marinesoldatenes død, men er også klar over de katastrofale konsekvensene av atomkrig. Hun presser på for en sterk, men målt tilnærming, med fokus på å beskytte nasjonal sikkerhet og samtidig unngå fullskala konflikt.

Spenningen i rommet er til å ta og føle på når hver figur presenterer sin sak. Diskusjonene svinger mellom randen av krig og muligheten for fred, der hver leder og representant holder verdens skjebne i sine hender. Resolusjonen av dette møtet – enten det ender med en retur til forhandlingsbordet eller den tragiske starten på en atomkonflikt – er et sentralt øyeblikk som vil definere fremtiden til romanens post-apokalyptiske verden.

Som Nuclear Watchdog har Dr. Marcus Flint en kritisk posisjon i diskusjonene. Hans rolle er å gi en sterk og vitenskapelig begrunnet fremstilling av konsekvensene av atomkrig, spesielt med fokus på de katastrofale effektene av å skyte ut stridshoder fra verdens mektigste arsenaler: Seraphim-siloene i Amerika, Rodina-siloene i Russland og den lange marsj. Bunkers of Destiny i Kina.

Dr. Flint begynner med å beskrive de umiddelbare virkningene av en atomeksplosjon, inkludert den intense varmen, eksplosjonen og strålingen som ville utslette alt innenfor dens radius. Han maler et levende bilde av den menneskelige belastningen - tapet av liv, de overveldende skadene og de langsiktige helseeffektene som kreft og genetiske skader.

Han går videre til Seraphim-siloene, kjent for å huse noen av USAs mest avanserte atomstridshoder. Flint forklarer hvordan Harbinger Warheads, designet for maksimal ødeleggelse, ikke bare ville desimere målene deres, men også slippe ut en enorm mengde radioaktivt nedfall i atmosfæren. Dette nedfallet ville forurense luft, vann og matforsyninger, og gjøre store deler av planeten ubeboelige.

Flint henvender seg deretter til russeren Rodina Silos, like ødeleggende. Han beskriver hvordan stridshodene fra disse siloene ville skape ildstormer som kan oppsluke hele byer, og bidra til et fenomen kjent som en atomvinter. Soten og asken som ble drevet inn i den øvre atmosfæren ville blokkere sollys, forstyrre globale klimamønstre og føre til avlingssvikt og hungersnød over hele verden.

Til slutt tar Dr. Flint for seg Skjebnebunkernes lange marsj, Kinas høyborg for atomkraft. Han advarer om at bruken av disse våpnene ikke bare vil føre til umiddelbar ødeleggelse, men også bidra til den langsiktige økologiske katastrofen. Detonasjonene ville føre til termisk forurensning og sur nedbør, og ytterligere skade jordens allerede skjøre økosystemer.

Flint understreker at utskyting av stridshoder fra et av disse arsenalene ville være en dødsdom for planeten. Miljøkonsekvensene vil være globale og vilkårlige, og påvirke nasjoner langt utover de som er direkte involvert i konflikten. Det resulterende sammenbruddet av sosial orden, økonomisk kollaps og potensialet for en atomvinter ville føre til et nivå av ødeleggelse og lidelse uten sidestykke i menneskehetens historie.

Han avslutter med å oppfordre verdens ledere til å vurdere sitt ansvar ikke bare overfor sine egne nasjoner, men overfor menneskeheten som helhet. Han ber dem om å erkjenne at i en atomkrig er det ingen vinnere - bare overlevende og ofre. Arven fra en slik krig ville være en planet med arr i generasjoner, med de overlevende som misunner de døde.

Dr. Flints nøkterne presentasjon er utformet for å konfrontere lederne med de dystre realitetene i atomkonflikt og overtale dem til å gå tilbake fra randen, vurdere diplomatiske løsninger og erkjenne at gjensidig sikker ødeleggelse ikke er en strategi, men en vei til global utslettelse. .

Dialog:

En spent atmosfære preget det sikre konferanserommet der verdens mest innflytelsesrike ledere hadde samlet seg. Tiden rant gjennom fingrene på dem mens freden vaklet på kanten av kollapsen.

President Katherine: "Dette er et sentralt øyeblikk for oss alle. Beslutningene vi tar i løpet av de neste 24 timene kan meget vel avgjøre menneskehetens fremtid."

President Jianyu: "Øststatene har vist betydelig tilbakeholdenhet, president Katherine. Våre handlinger har alltid vært i fredens interesse."

Eleanor: "Og likevel befinner vi oss i en blindgate. Mistillit og frykt har ført oss til dette stupet. Vi må finne en måte å gjenoppbygge tilliten som har gått tapt."

Mikhail: "Tillit er en luksus vi ikke har råd til når missiler retter mot barna våre. Handling er det som trengs, ikke floskler."

Dr. Kwame: "Vi må ikke la frykt diktere våre handlinger. Den afrikanske union oppfordrer til en tilbakevending til prinsippene som brakte oss sammen for denne fredsprosessen."

Pave Seraphina: "Verdens øyne - og faktisk Guds øyne - er på oss. La oss ikke vakle i vår moralske forpliktelse til å bevare liv."

Imam Yasir: "*Jeg står sammen med pave Seraphina. Vårt folk ser til oss for veiledning, ikke krig. Vi må heve oss over våre konflikter.*"

Dr. Amara: "*Dataene er klare: hvis vi ikke klarer å opprettholde våpenhvilen, vil miljøkonsekvensene alene være katastrofale.*"

President Alexandre: "*Jeg forstår alvoret i situasjonen, Dr. Amara, men vi kan ikke ignorere suverenitetsspørsmålene som er kjernen i denne konflikten.*"

Cassandra: "*Suverenitet kan ikke være en unnskyldning for passivitet. Vi har sjansen til å endre historiens gang her, for å unngå en katastrofe.*"

General Wei: "*Den vestlige koalisjonen må forstå at styrke ofte kommer fra kompromisser, ikke fra holdninger og trusler.*"

General Viktor: "*Og øststatene må erkjenne at sikkerhetsgarantier er nødvendige for enhver varig fred. Vi trenger mer enn ord; vi trenger garantier.*"

Dr. Marcus: "La oss se på fremtiden - en fremtid der barna våre kan leve uten atomkrigens spøkelse hengende over hodet på dem."

President Jianyu: "Jeg foreslår en pause for å konsultere våre respektive rådgivere. Et nytt perspektiv kan gi det gjennombruddet vi trenger."

President Katherine: "Jeg er enig. La oss møtes igjen om 2 timer. Det er på tide å lage historie, ikke gjenta den."

Lederne nikket høytidelig enig, hver og en svært klar over at tiden minker og den monumentale oppgaven som venter. De spredte seg til hvert sitt hjørne av rommet, stillheten sa mye om spenningen og de høye innsatsene i forhandlingene deres.

Verdens ledere kom sammen igjen i konferanserommet, luften enda mer ladet enn før. Hvert ansikt var etset med byrden av forestående beslutninger.

President Katherine: "Takk for at du kom tilbake. La oss nærme oss disse samtalene med fornyet fokus. Verden er avhengig av det."

President Jianyu: "Jeg er enig. Vi må imidlertid ta tak i sikkerhetsbekymringene som forblir uoppfylt. Uten dem er fred bare en skjør drøm."

Dr. Kwame: "Kanskje vi kan finne et kompromiss om nedrustningsvilkårene? En trinnvis tilnærming som vil tilfredsstille sikkerhetshensyn og vise god tro?"

General Viktor: "Tavis nedrustning er en risiko. Hvordan sikrer vi at faser oppfylles uten å åpne oss for sårbarhet?"

President Alexandre: "Sårbarhet? Våre nasjoner har vært sårbare siden starten av denne proxy-krigen. Det er et mirakel at vi har overlevd så lenge."

Eleanor: "Jeg oppfordrer oss alle til å vurdere de humanitære kostnadene ved fiasko i dag. Milliarder av liv er i våre hender."

Imam Yasir: "Virkelig, Eleanor. Det er vår hellige plikt å beskytte disse livene. Vi må sette forskjellene våre til side for det større beste."

Pave Seraphina: "La oss ikke lede vårt folk inn i fristelse, men fri dem fra krigens ondskap. Fredens vei er smal, men vi må gå den."

General Wei: "Militær makt kan ikke være vårt eneste verktøy. Diplomatiet må seire, ellers vil vi alle lide konsekvensene."

Dr. Amara: "Miljøovervåkingssystemene viser allerede tegn på belastning. Enhver konflikt nå kan presse planeten til randen."

Cassandra: "Hva med en nøytral sone? Et demilitarisert område som kan fungere som en buffer mens vi fortsetter diskusjonene?"

Mikhail: "En nøytral sone? Det er en midlertidig løsning på et permanent problem. Vi trenger konkrete forsikringer, ikke flere venteleker."

President Jianyu: "Jeg beklager, men disse forslagene adresserer ikke de sentrale strategiske ubalansene som brakte oss hit. Vi trenger mer enn plaster."

Dr. Marcus: "Vi løper i sirkler! Vi trenger innovative løsninger, ikke rehashing av gamle argumenter som har ført oss til denne fastlåsningen."

President Katherine: "Jeg ber dere alle, tenk på arven vi etterlater oss. Hvordan vil min nasjon dømme oss hvis vi mislykkes her i dag, døden til 5000 amerikanske liv trenger en sterk og vedvarende respons. Det amerikanske folket som valgte meg spør for dette. Ville noen av dere ledere handle på annen måte?"

President Alexandre: (står opp) "Nasjon? Det vil ikke være noen igjen til å skrive det hvis vi ikke kan finne felles grunnlag!"

General Viktor: (slår neven i bordet) "Nok om dette! Vi er ikke her for å spille politikk mens våre nasjoner står på kanten av glemselen!"

En etter en begynte lederne å reise seg, frustrasjonen og frykten var til å ta og føle på i rommet.

President Jianyu: "Jeg ser ingen vei videre med disse samtalene. Vi må forberede oss på å forsvare vårt folk."

Pave Seraphina: "Dette er en mørk dag. Vi har forlatt vårt oppdrag for fred."

Imam Yasir: "Jeg ber for oss alle, at kjøligere hoder fortsatt kan seire."

Dr. Kwame: "Den afrikanske union vil ikke støtte denne nedstigningen til galskap. Vi må finne en annen måte."

President Katherine: "Hvis ingen tar våre bekymringer om bord, må vi handle fordi det amerikanske folket som har mistet 5000 soldater, våre galante frihetskjempere, da må vi handle i dag."

Men bønnene falt for døve ører da lederne, en etter en, stormet ut av forhandlingsrommet, og etterlot bare ekkoet av deres avgang og den tunge stillheten av en fredsprosess som ble løst opp. Stolthet og ekko tok sin toll og i løpet av mindre enn 19 timer, 58 minutter etter dette spente møtet, skjedde noe.

Vil Amerika lansere atomvåpen for døden til 5000 av deres soldater? Vil russisk svare? Vil Kina følge etter? planetens skjebne ligger i hendene på disse tre lederne og deres rådgivere...

Seraphim-siloene og Harbinger-stridshodet

Seraphim-siloene, en varslerende serie med sammenkoblede underjordiske bunkere, ligger spredt over en avsidesliggende og øde region, en gang glemt av tiden. Disse monolittiske strukturene, kamuflert under en fasade av naturlig terreng, huser verdens mest ødeleggende kreasjoner: atomstridshoder. Siloene er preget av sine massive sprengningsdører, armerte betongvegger og et intrikat nettverk av tunneler og kontrollrom. De utstråler en kjølig aura av sovende kraft, en sovende kjempe under jorden.

I hjertet av Seraphim-siloene ligger Harbinger Warhead, en atombombe med uovertruffen destruktiv evne. Det slanke metalliske eksteriøret, etset med symboler fra en svunnen tid, motsier den kaotiske energien som er innesperret. Stridshodet er konstruert med presisjon, i stand til å skytes opp til et hvilket som helst punkt på kloden, og aktiveringssekvensen er ivaretatt av en rekke kryptiske feilsikringer.

Seraphim-siloene ble konstruert i toppen av den kalde krigen, et bevis på frykten og den teknologiske dyktigheten i deres tidsalder. De ble designet for å være det ultimate avskrekkende middel, en maktdemonstrasjon for å forhindre utbruddet av total krig. Etter hvert som flere tiår gikk, ble imidlertid siloene tatt ut av drift og falt i uklarhet, deres dødelige innbyggere uberørte - til nå.

Det opprinnelige formålet med Seraphim-siloene og Harbinger-stridshodet var å tjene som det siste argumentet i en verden som vaklet på randen av atomutslettelse. I det nåværende kaoset har de blitt reaktivert, ikke som et avskrekkende middel, men som episenteret for en truende trussel som kan omforme maktbalansen og diktere nasjonenes skjebne.

Oppdagelsen av den operative Seraphim Silos blir et sentralt øyeblikk i fortellingen, og driver verden inn i et desperat kappløp med tiden. Karakterene må navigere i den politiske uroen og moralske dilemmaer som oppstår ved eksistensen av et slikt våpen. Siloene kan være målet for infiltrasjon, sabotasje eller kontroll, avhengig av fraksjonsjusteringene i historien. Selve Harbinger-stridshodet er Damokles-sverdet som henger over verden, en dyster påminnelse om det destruktive potensialet menneskeheten har.

Harbinger Warhead er utstyrt med en kompleks armeringsmekanisme som er delvis teknologisk vidunder, delvis gåte. Det inkluderer biometriske låser, kvantekryptering og en ryktet mystisk komponent som binder aktiveringen til et spesifikt individ eller avstamning, og legger til et lag med myter til våpenet.

Teknologiske nyanser:

Seraphim-siloene er et vidunder av kald krigsteknikk, designet for å tåle både tid og enhver ekstern trussel.

Sikkerhetssystemene er et lagdelt forsvar, inkludert seismiske detektorer, bevegelsessensorer og et nettverk av overvåkingskameraer som er diskret plassert i hele det naturlige landskapet. Kontrollrommene dypt inne i siloene har analoge skiver og brytere ved siden av moderne digitale grensesnitt, en hybridisering for å sikre fortsatt drift til tross for risikoen for EMP eller cyberangrep.

Harbinger Warhead i seg selv er en blanding av gammel og ny teknologi. Den er designet med en to-trinns termonukleær reaksjon, som er i stand til å gi en eksplosjon av katastrofale proporsjoner. Detonasjonsmekanismen er beskyttet av et Permissive Action Link-system (PAL), som krever flere autorisasjonskoder og fysiske nøkler som holdes av forskjellige individer for å aktiveres. I tillegg er stridshodet utstyrt med stealth-teknologi for å unngå oppdagelse under sin ballistiske bane.

Den plutselige gjenoppkomsten av Seraphim Siloene som en aktiv atomtrussel kaster den politiske verden i uorden. Nasjoner som tidligere hadde forlatt jakten på atomvåpen, finner seg selv i å revurdere sin holdning. Rogue fraksjoner og terrororganisasjoner ser på siloene som et middel til å få innflytelse på den globale scenen, og etablerte makter kan søke å sikre eller nøytralisere siloene for å opprettholde status quo. Eksistensen av siloene kan føre til nye allianser, svik og en hektisk diplomatisk kamp for å løse maktbalansen.

Karakterene knyttet til Seraphim Siloene er forskjellige:

- **The Keeper** : En mystisk skikkelse som har voktet hemmelighetene til siloene i flere tiår, klar over den sanne naturen og egenskapene til Harbinger Warhead.

- **Aktivisten:** En politisk dissident som mener at stridshodets eksistens bør være offentlig kjent, og tar til orde for atomnedrustning.

- **Generalen:** En militær leder som ser på reaktiveringen av siloene som en mulighet til å hevde dominans og er villig til å ta ekstreme tiltak.

- **Ingeniøren:** En av de opprinnelige designerne av siloene, nå eldre, som har kritisk informasjon om stridshodets mystiske komponent og sikkerhetstiltak.

Mystisk komponent:

Den mystiske komponenten i Harbinger Warhead ryktes å være en eldgammel gjenstand innebygd i kjernen av våpenet. Denne artefakten, muligens fra en tapt sivilisasjon eller et resultat av alkymistisk transmutasjon, sies å resonere med livskraften til en spesifikk blodlinje, noe som gjør det slik at bare individer av denne slekten kan fullt ut bevæpne og aktivere stridshodet. Denne komponenten legger ikke bare til et lag med sikkerhet, men knytter også våpenet til de dypere mytene i verden, noe som antyder at makten til å ødelegge er like gammel som kraften til å skape.

Rodina-siloene i Russland

Rodina-siloene, et hemmelig nettverk av kjernefysiske missilanlegg, er spredt over de avsidesliggende og enorme vidder av Russlands villmark. Disse moderne siloene er bygget med forsterket titanbetong, designet for å være nesten ugjennomtrengelig for eksterne angrep og naturkatastrofer. De dukker opp som stålmonolitter fra taigaen og steppen, deres tilstedeværelse er en dyster påminnelse om den allestedsnærværende kjernefysiske trusselen.

Rodina-siloene har blitt oppgradert med toppmoderne teknologi for å matche det 21. århundres krigføringsstandarder. De er utstyrt med avanserte cyberforsvarssystemer for å hindre hackingforsøk og et AI-overvåkingsnettverk som kontinuerlig overvåker for inntrenging. Til tross for internasjonale traktater og innsats for å redusere våpen, forblir disse siloene fullt operative, stridshodene deres omhyggelig vedlikeholdt og klare for utplassering med et øyeblikks varsel.

Sikkerhet ved Rodina-siloene er avgjørende. Hvert anlegg er omgitt av en omkrets av bevegelsessensorer, termiske kameraer og dronepatruljer. Tilgang til siloene kontrolleres av biometriske skannere, som krever iris- og fingeravtrykkverifisering. Det indre forsvarssystemet inkluderer automatiserte tårn og en kontingent av elitevakter som er trent spesielt for siloforsvar.

I det nåværende geopolitiske klimaet fungerer Rodina-siloene både som en strategisk avskrekkende og et politisk forhandlingskort. Russlands regjering opprettholder siloene som et middel for å sikre nasjonal sikkerhet og som en demonstrasjon av militær makt. Eksistensen av disse siloene er en kilde til spenning i internasjonale forbindelser, spesielt med nasjoner som tar til orde for atomnedrustning eller de som søker ikke-spredningsavtaler.

Hver silo er utstyrt med et rakettoppskytingssystem som inkluderer både automatiserte og manuelle kontroller, noe som sikrer redundans. Selve missilene er utstyrt med flere uavhengig målbare reentry vehicles (MIRV), som er i stand til å treffe flere mål samtidig. Utskytningsprotokollen er ivaretatt av en tomannsregel, som krever samtidig autorisasjon fra to befal til å sette i gang en oppskyting.

Teknologiske egenskaper ved Rodina-siloene:

Utskytningssystemer : Rodina-siloene er utstyrt med høyautomatiserte oppskytningssystemer som er oppdatert med det siste innen missilstyringsteknologi og cybersikkerhet. Disse systemene er designet for å være ugjennomtrengelige for hacking, med flere lag med kryptering og feilsikker på plass.

Missilteknologi : Missilene som er plassert i Rodina-siloene er toppen av ballistisk teknologi, i stand til å nå hypersoniske hastigheter og utstyrt med avanserte mottiltak for å unngå missilforsvarssystemer. De er designet for å være svært nøyaktige, med muligheten til å justere banen sin midt på flyet ved hjelp av navigasjonssystemer ombord.

Kommunikasjonssystemer : Sikre, herdede kommunikasjonslinjer kobler siloene til sentralkommandoen, og sikrer at bestillinger kan mottas selv i tilfelle global kommunikasjon blir kompromittert. Disse linjene er begravd dypt under jorden og er skjermet mot elektromagnetiske pulser (EMP).

Livsstøtte og bærekraft : Inne i siloene kan livsstøttesystemer opprettholde personellet i lengre perioder i tilfelle en overflatekatastrofe. Disse systemene inkluderer luftfiltrering, vannrensing og lagre av mat og medisinsk utstyr.

Energiuavhengighet : Siloene drives av underjordiske atomreaktorer, som gir en uavbrutt strømforsyning. Disse reaktorene er designet med flere sikkerhetssystemer på plass for å forhindre enhver form for lekkasje eller nedsmelting.

Vedlikehold og beredskap : Til tross for at det ser ut til å være rester av et tidligere våpenkappløp, blir Rodina-siloene omhyggelig vedlikeholdt. Missilene blir regelmessig inspisert og testet (uten spenningshoder) for å sikre deres beredskap. Personellet som er tildelt disse siloene gjennomfører øvelser for å garantere raske responstider i tilfelle en ordre om oppskyting.

Sikkerhetsoppgraderinger : Som svar på de økende cybertruslene har siloene nylig gjennomgått en rekke sikkerhetsoppgraderinger. Dette inkluderer installasjon av avanserte inntrengningsdeteksjonssystemer og ansettelse av cyberkrigføringsspesialister som har i oppgave å forsvare seg mot digitale angrep.

Internasjonal overvåking : Satellittovervåking og etterretningsrapporter indikerer at det har vært en økning i aktiviteten rundt Rodina-siloene. Dette har ført til internasjonal bekymring og oppfordring til inspeksjoner for å sikre overholdelse av traktater. Den nåværende tilstanden i global politikk har imidlertid gjort slik åpenhet vanskelig å oppnå.

Bekymringer for reaktivering : Det går rykter om at et nytt, mer avansert missil utvikles i hemmelighet i Rodina-siloene. Dette er ikke bekreftet, men spekulasjonene alene har vært nok til å skape uro blant nabolandene og i det globale samfunnet.

Kontroll og kommando : Kontrollen av Rodina-siloene forblir fast i hendene på det russiske militæret. Den siste tidens politiske omveltninger har imidlertid ført til hvisking om maktkamper i rekkene, og reist spørsmål om hvem som har fingeren på den velkjente «røde knappen».

The Long March Bunkers i Kina

The Long March Bunkers er et omfattende nettverk av kjernefysiske rakettsiloer konstruert av Kina, strategisk plassert i avsidesliggende områder for å maksimere skjul og forsvar. Disse moderne festningsverkene er innebygd i landets varierte topografi, fra Gobi-ørkenens tøffe vidder til de bortgjemte fjellområdene i sør. Deres tilstedeværelse er et vitnesbyrd om Kinas økende vekt på andreangrepsevne og kjernefysisk avskrekking.

The Long March Bunkers er i spissen for Kinas modernisering av sitt atomvåpenarsenal. Nyere satellittbilder og etterretningsrapporter tyder på at antallet siloer har økt, noe som indikerer en utvidelse av Kinas kjernefysiske evner. Disse anleggene opprettholdes med høy operativ beredskap, med missiler som kan skytes opp på kommando etter å ha mottatt autorisasjon fra de høyeste myndighetene.

Teknologiske egenskaper:

Missilteknologi: Siloene lagrer det siste innen Kinas ballistiske missilteknologi, inkludert DF-41 ICBM, som er i stand til å bære flere atomstridshoder og nå praktisk talt alle mål over hele kloden med høy nøyaktighet.

Utskytings- og kontrollsystemer : Bunkerne er utstyrt med avanserte utskytningskontrollsystemer som har både manuelle og automatiserte protokoller, som sikrer redundans og pålitelighet.

Kommandosystemene er herdet mot cyber- og fysiske angrep.

Stealth og mobilitet: Noen av siloene er lokkeduer, mens de faktiske missilene ofte er montert på mobile utskytere som kan omplasseres til ikke avslørte steder, noe som gjør forebyggende angrep mot dem ekstremt utfordrende.

Kommunikasjons- og datasystemer: Sikre og redundante kommunikasjonskanaler knytter siloene til den sentrale militærkommandoen. Disse systemene er designet for å motstå blokkering og opprettholde funksjonalitet selv i et kjernefysisk forurenset miljø.

Forsvarsmekanismer: Hver bunker er utstyrt med luftvern og elektroniske krigføringsevner for å motvirke overvåking og potensielle trusler fra droner eller lavtflygende fly.

Sikkerhetstiltak:

Perimeterforsvar: Bunkerne er omgitt av forsvarslag, inkludert radarsystemer, antipersonellbarrierer og en kontingent av elitetropper som er trent i kontrasabotasjeoperasjoner.

Adgangskontroll: Adgang til bunkerne er svært begrenset, med flere sjekkpunkter med biometrisk verifisering, ansiktsgjenkjenning og avanserte kroppsskannere for å forhindre uautorisert tilgang.

Teknologiske egenskaper ved Long March Bunkers:

1. Missilteknologi:

– Det primære missilet som er plassert i Long March Bunkers er Dongfeng-41 (DF-41) interkontinentalt ballistisk missil (ICBM), et av de mest avanserte missilene i Kinas arsenal. Det er en solid-drevet veimobil ICBM med en rekkevidde på omtrent 12 000 til 15 000 kilometer, i stand til å levere flere uavhengige målrettede reentry-kjøretøyer (MIRV) til forskjellige mål.

- DF-41 er utstyrt med penetrasjonshjelpemidler og lokkemidler for å forvirre fiendens radar- og missilforsvarssystemer, og øke sjansene for å nå målet.

– Missilets styresystem inkluderer et stjernetreghetsnavigasjonssystem forsterket av BeiDou (Kinas satellittnavigasjonssystem), som gir høy nøyaktighet og pålitelighet.

2. Start- og kontrollsystemer:

– Kontrollsystemene for Long March Bunkers er herdet mot atomeffekter, og sikrer at kommando og kontroll kan opprettholdes selv under atomkrigsforhold.

- Lanseringsprotokollen er svært automatisert, men inkluderer manuelle overstyringer og autentiseringsprosedyrer som krever koder fra flere seniortjenestemenn, etter tomannsregelen for å forhindre uautorisert bruk.

– Bunkerne er integrert i Kinas strategiske kommandonettverk, noe som gir mulighet for sanntidskommunikasjon og beslutningstaking.

3. Stealth og mobilitet:

- De faktiske missilene plasseres noen ganger på utskytningsanordninger for transportører (TELs), som raskt kan omdistribueres til forhåndsovervåkede utskytningsposisjoner, noe som gir et mobilt og snikende angrepsalternativ.

- TEL-ene er designet med stealth-karakteristikk for å minimere deteksjon med radar og er i stand til å reise offroad over vanskelig terreng.

– Bruken av lokkesiloer og rask TEL-bevegelse skaper strategisk tvetydighet, noe som gjør det utfordrende for motstandere å spore og målrette de virkelige missilene.

4. Kommunikasjons- og datasystemer:

– Long March Bunkers er utstyrt med et herdet fiberoptisk kommunikasjonsnettverk som er mindre utsatt for forstyrrelser og avlytting.

- For kommunikasjon etter angrep bruker bunkerne lavfrekvente kommunikasjonssystemer som er i stand til å penetrere bakken og vannet, og sikrer overlevelsesforbindelser.

– Bunkerne har også tilgang til et dedikert militært satellittkommunikasjonssystem, som gir et ekstra lag med redundans.

5. Forsvarsmekanismer:

- Luftrommet rundt Long March Bunkers overvåkes av et integrert luftvernsystem som inkluderer radar, luftvernbatterier og overflate-til-luft-missiler.

– Elektroniske mottiltak er på plass for å blokkere fiendens radar- og satellittsignaler, og beskytte siloene mot elektronisk overvåking og målretting.

– Selve bunkerne er konstruert for å tåle et nesten treff fra en atomeksplosjon, med støtdempende strukturer og eksplosjonsdører designet for å tette anlegget mot eksterne trusler.

Den teknologiske sofistikeringen til Long March Bunkers sikrer at de er spenstige og formidable komponenter i Kinas kjernefysiske avskrekking. Kombinasjonen av stealth, mobilitet og avanserte kommunikasjonssystemer gjør dem til en troverdig trussel i øynene til potensielle motstandere, og deres tilstedeværelse er en vesentlig faktor i de strategiske beregningene til regionale og globale makter.

Kapittel 3 – Atomkrig begynner

KJEMPELUTVEKSLING SKJEDS - sekvensen av HENDELSER

50 Harbinger-stridshoder lansert!

I det svakt opplyste situasjonsrommet sitter president Katherine med et stålsatt blikk festet på de digitale kartene som vises foran henne. Cassandra, hennes nærmeste rådgiver, står ved hennes side, tyngden av øyeblikket etset i ansiktet hennes. Etter timer med uttømmende debatt og analyser, er det bare stillhet som henger mellom dem nå.

Cassandra: "Fru president, tiden er inne for å ta avgjørelsen som ingen noensinne har ønsket å ta."

President Katherine: (Stemme tung av kommandobyrden) "Har vi virkelig uttømt alle diplomatiske kanaler? Er det ingen annen måte?"

Cassandra: "Vi har prøvd alt. Fredsforhandlingene har kollapset, og fiendene våre mobiliserer. Hvis vi ikke handler, vil kostnadene bli enda større. Disse drapene på 5000 amerikanske soldater har gitt dem frimodighet til å angripe vår nasjon og moralen til vår nasjon og menn i frontlinjene er nede hvis vi ikke handler."

President Katherine: "Kostnadene... Cassandra, vi snakker om livet til millioner. Dette er ikke bare et strategisk grep, det er en humanitær katastrofe."

Cassandra: "Jeg vet det, fru president. Men hvis vi ikke handler, vil katastrofen være vår å lide. Vår nasjons overlevelse står på spill."

President Katherine: (Ta pusten dypt) "Overlevelse til hvilken pris? Kan vi kalle det overlevelse hvis vi blir redusert til å bruke Harbinger Warheads?"

Cassandra: "Det er en dyster realitet, men en realitet likevel. Våre motstandere har ikke etterlatt oss noe valg. Hvis vi ikke lanserer, vil de på et tidspunkt i fremtiden med døden til våre modige menn."

President Katherine: "Og hva med de uskyldige? Barna? Fortjener ikke verden en siste sjanse til fred?"

Cassandra: "Vi har gitt verden enhver sjanse. Nå må vi beskytte folket vårt. Det er eden du sverget da du tiltrådte."

President Katherines blikk beveger seg mot det amerikanske flagget i hjørnet av rommet, dets stjerner og striper er et stille vitnesbyrd om nasjonen hun tjener. Hun lukker øynene et kort øyeblikk, alvoret i situasjonen presser seg på henne.

President Katherine: (Øynene åpner seg igjen, bestemt) "Gud hjelpe oss alle."

Hun nikker aldri så lett til militærhjelperen som står ved siden av. Det er en subtil bevegelse, men den besegler skjebnen til millioner.

Militærhjelper: "Fru president, godkjenner du oppskytingen?"

President Katherine: (hvisker) "Ja. Autoriser lanseringen av de 50 Harbinger-stridshodene."

Cassandra: (mykt) "Historien vil huske dette øyeblikket, fru president. Og de vil huske ditt mot."

Når assistenten snur seg for å utføre ordrene, deler president Katherine og Cassandra et blikk av dyp sorg blandet med det uuttalte håpet om at denne avgjørelsen, så mørk som den er, på en eller annen måte kan føre til en fremtid der slike valg aldri blir møtt igjen.

\`\`\`

Denne dialogen setter en dyster tone for det sentrale øyeblikket hvor president Katherine tar den hjerteskjærende beslutningen om å godkjenne et atomangrep, og fanger opp både de personlige og globale implikasjonene av en slik handling.

Spenningen sprekker gjennom luften i det underjordiske kommandosenteret. Det en gang utenkelige ruver nå over verden som en dyster realitet. Presidenten, etter en lang, smertefull pause, nikker til slutt. Det er en subtil bevegelse, men den besegler skjebnen til millioner. «Gud hjelpe oss alle,» hvisker han, og godkjenner lanseringen av de 50 Harbinger Warheads.

I siloen legger militært personell inn utskytningskodene med skjelvende hender. Kodene, en sekvens av bokstaver og tall som har kraften til liv og død, bekreftes tre ganger. Det er ikke rom for feil, ingen andre sjanser. De røde lysene på kommandokonsollene kaster en illevarslende glød i ansiktene deres.

Krigsrommet er en bikube av hektisk aktivitet. Offiserer bjeffer ordre, teknikere bekrefter systemsjekker, og det strategiske kartet på veggen flimrer med potensielle mål i Russland og Kina.

Ansvarets tunge vekt presser ned på hver sjel som er tilstede.

«Pre-launch checks», roper sjefen. Rommet faller inn i en innøvd rytme. Målrettingssystemer kobles inn, stridshodene er bevæpnet, og missilene er primet. Den mekaniske krigens symfoni er i bevegelse, hvert utstyr og hver krets spiller sin rolle.

Nedtellingen begynner. "Ti ... ni ... åtte ..." Hvert tall ekko gjennom kommandosenteret, en dyster nedtelling til ødeleggelse. «Tre... to... en...» Startknappen, som en gang var uberørt, bærer nå avtrykk av offiserens finger.

Med et øredøvende brøl som buldrer gjennom jorden glir silodørene opp. Et utbrudd av flammer mens Harbinger-missilene antennes, motorene deres driver dem mot himmelen med skremmende kraft. De stiger opp, river seg gjennom atmosfæren, og etterlater seg et spor av røyk som er synlig i kilometervis.

Banen er presis, regnet ned til siste desimal. Missilene buer over horisonten, deres veier vevd sammen med verdens skjebne. De bryter stillheten i rommet, hvor ingen bønn kan nå dem, ingen rop kan endre deres kurs.

Tilbake på bakken blir lanseringen møtt med et spekter av menneskelige følelser. Soldater ber stille, offiserer stivner av besluttsomhet, og langt unna, i usynlige gater, sprer panikken seg som en ild i tørt gress. Sirener larmer, men for mange er det ingen steder å løpe.

Russland og Kina, fanget i gjengjeldelsens trådkors, prøver å svare. Interceptorer blir lansert, et desperat forsøk på å slå undergangsbudene fra himmelen. Verden holder pusten og venter på å se om marerittet kan avverges.

Nyheten om lanseringen sprer seg som en sjokkbølge. I hovedsteder over hele verden strekker ledere seg etter telefonene sine, etter enhver kommunikasjonslinje som kan angre det som har blitt satt i gang. Det er et kappløp mot tiden, mot det utenkelige.

I Russland og Kina ser innbyggerne mot himmelen, noen med resignasjon, andre med trass. De siste minuttene tikker forbi, hvert sekund en evighet.

Og så, over hele verden, vender øynene oppover mens ildstriper signaliserer skjebnen nærmer seg. Harbinger Warheads er ikke lenger en fjern trussel – de er her, og verden vil aldri bli den samme.

I det dystre kjølvannet av atomutvekslingen blir verden kastet inn i en skummel og grufull stillhet. De umiddelbare virkningene av detonasjonene er katastrofale, med millioner av liv tapt i de første eksplosjonene og utallige flere påvirket av den påfølgende strålingen og nedfallet. Det globale landskapet er ugjenkallelig endret, med store byer og strategiske steder omgjort til bestrålede ruiner.

Nedenfor er sekvenser av hendelser som førte til MAD - Mutual Assured Destruction:

1 minutt over midnatt :

De første 50 Harbinger-stridshodene fra Seraphim-siloene strekker seg over himmelen, oppskytingen deres oppdaget av tidlige varslingssystemer rundt om i verden. Beslutningen om å lansere blir møtt med vantro og panikk av globale borgere som ser forskrekket på mens virkeligheten av situasjonen utfolder seg.

2 minutter etter amerikansk lansering :

Russlands reaksjon er rask og ødeleggende. Oppskytingen av 300 atomstridshoder fra Rodina-siloene er en direkte gjengjeldelse, rettet mot ikke bare USA, men også dets allierte i EU, Nord- og Sør-Amerika. Den overveldende responsen er et dystert vitnesbyrd om doktrinen om gjensidig sikker ødeleggelse - MAD.

Innen 8 minutter etter amerikansk lansering:

Kina går inn i kampen med 150 stridshoder rettet mot USA og dets allierte i Asia og Australia. Presisjonen og hastigheten til oppskytningen øker kaoset, og signaliserer at dette ikke er en isolert hendelse, men et koordinert og omfattende angrep.

En halvtimes stillhet:

Etter hvert som de første sjokkbølgene avtar, senker en hjemsøkende stillhet seg over verden. De som er i stand til å være vitne til kjølvannet, blir møtt med scener av ødeleggelse som trosser forståelsen. De umiddelbare områdene rundt nedslagsstedene er utslettet, og infrastrukturen som en gang støttet liv og sivilisasjon ligger i grus.

Kaos overalt:

Stillheten brytes snart av lyden av nødsirener, rop om hjelp og ropet fra overlevende som søker trygghet og kjære. Kommunikasjonslinjene er nede eller overveldet, regjeringer er forkrøplet eller i uorden, og sosial orden bryter sammen etter hvert som situasjonens virkelighet setter inn. Tapet av menneskeliv er enormt, og miljøskadene er omfattende, med branner som raser ukontrollert og radioaktivt nedfall begynner. å spre.

I timene og dagene som følger blir hele omfanget av tragedien tydelig. Det globale politiske landskapet er for alltid endret, med maktstrukturer kollapset og nasjoner som sliter med å takle de umiddelbare behovene til befolkningen deres. De langsiktige effektene av atomutvekslingen - strålingssyken, de økologiske skadene, klimaendringene - vil utfolde seg i løpet av de kommende årene, og definere den nye virkeligheten for de overlevende.

Denne katastrofale hendelsen setter scenen for den post-apokalyptiske verden der romanen "MAD Unleashed: The Cataclysm of World War III book

One" er satt. Karakterenes reise gjennom dette ødelagte landskapet, deres kamp for å overleve, og deres søken etter håp og fornyelse er kjernen i historien . Atomutvekslingen er det sentrale øyeblikket som omformer menneskehetens fremtid, og romanen utforsker motstandskraften og besluttsomheten som kreves for å gjenoppbygge i møte med slike monumentale tap og ødeleggelser

RUSSLAND gjengjelder seg

300 ennå ukjent hemmelig våpen med hypersoniske kabel atomstridshoder lansert av Russland mot europeiske byer og Amerika

---Verden vakler fortsatt etter synet av Harbinger-missilene som klorer seg inn i himmelen når et skremmende varsel lyder over de globale forsvarsnettverkene. To minutter har knapt gått – et hjerteslag i nasjonenes tidslinje – når Russland tar igjen. Fra dypet av Rodina-siloene, gjemt og spredt over det store vidstrakten av landet, stiger en ny redsel.

Anspent dialog mellom president Mikhail Ivanov og general Viktor Sokolov mens de forbereder seg på å lansere sitt hemmelige våpen som gjengjeldelse:

President Mikhail Ivanov: General Sokolov, amerikanerne har krysset en grense med deres Harbinger-streik. Vårt svar må være raskt og bestemt.

General Viktor Sokolov: Herr president, alle forberedelser er fullført. Yet Unknown-prosjektet er på din kommando.

President Mikhail Ivanov: Verden slik vi kjenner den er i ferd med å endre seg, general. Er vi sikre på at det ikke er noen annen måte?

General Viktor Sokolov: Vi har utforsket alle diplomatiske kanaler, sir. De har ikke gitt oss noe valg. Represalier er det eneste språket de vil forstå nå.

President Mikhail Ivanov: Og målene? Er de bekreftet?

General Viktor Sokolov: Ja, sir. Europeiske byer på linje med Amerika, og viktige steder på det amerikanske kontinentet. Hypersonic Cable Nuclear Warheads vil nå dem i løpet av minutter, uoppdagelige inntil sammenstøt.

President Mikhail Ivanov: Uskyldige vil lide, Viktor. Dette er ikke bare en militær streik; det er en katastrofe.

General Viktor Sokolov: Det er en tung byrde, men vår nasjons overlevelse står på spill. De har tvunget oss i hånden. Vi må beskytte Russlands fremtid.

President Mikhail Ivanov: (pauser, trekker pusten dypt) Vekten av denne avgjørelsen... den vil hjemsøke oss for alltid. Historien vil huske denne dagen som øyeblikket freden ble knust uten å repareres.

General Viktor Sokolov: Vi står klare, herr president. Din bestilling vil bli utført med presisjon.

President Mikhail Ivanov: (trakk seg) Så la det være slik. Start den ennå ukjente. Må Gud forbarme seg over oss alle.

General Viktor Sokolov: Etter din kommando. Starter lanseringssekvens.

(Rommet blir stille, bortsett fra pipelyden fra lanseringskonsollen når koordinatene bekreftes og de siste tastene dreies.)

General Viktor Sokolov: Startsekvens aktivert. Stridshoder er luftbårne. Måtte de få slutt på denne konflikten.

President Mikhail Ivanov: Av hensyn til vårt folk ber jeg om at du har rett, general. For all vår skyld.

Husk at tonen og innholdet i denne dialogen må gjenspeile alvoret i situasjonen og personlighetene til de involverte karakterene. Juster etter behov for å passe konteksten til historien din og karakterenes utvikling.

I kommandosentrene i Europa og Amerika blinker skjermene med den sterke virkeligheten til en innkommende bom. Tre hundre hypersoniske stridshoder, deres evner stort sett ukjente og deres hastighet uten sidestykke, skjærer nå gjennom himmelen med nådeløs presisjon.

Den russiske oppskytningen er en visning av rå kraft, en tordnende erklæring om at de ikke vil stå stille. Stridshodene er ikke bare mange, men smidige, konstruert for å utmanøvrere forsvaret som står mellom dem og deres mål. De strekker seg over himmelen, raskere enn noe missilforsvarssystem kan spore, deres flere uavhengige målrettede reentry-farkoster (MIRV) som er bestemt for koordinater sprer seg som en dødelig konstellasjon over den vestlige halvkule.

I europeiske hovedsteder lyder alarmer, som ekko gjennom de gamle gatene. Regjeringer vedtar lenge innøvde nødprotokoller, og oppfordrer innbyggerne til å søke øyeblikkelig ly. Luften er tykk av frykt og forvirring mens folk rusler seg, vel vitende om at tid er en luksus de ikke lenger har.

Over Atlanterhavet ruster det amerikanske kontinentet seg for støt. Fra de travle byene i nord til de pulserende byene i Mellom-Amerika og det mangfoldige landskapet i Latin-Amerika, er trusselen vilkårlig. USA, som hadde sluppet løs den første salven, står nå overfor den dystre virkeligheten av et motangrep i en skala som aldri før er sett.

I krigsrommene er personell frosset, grepet av størrelsen på det som utspiller seg. Skjermene viser et nett av baner, hver en potensiell katastrofe, hver en historie om hva som kan ha vært.

Til tross for den teknologiske dyktigheten til det amerikanske militæret, sklir de hypersoniske stridshodene gjennom radarnettene og håner hybrisen til de som trodde de kunne inneholde slik kraft. Avskjæringsraketter, som ble skutt opp i et desperat forsøk på å stumpe angrepet, finner seg selv forbi og utmanøvrert.

Mens stridshodene nærmer seg destinasjonene, står verden på randen av ødeleggelse. Lederne som hadde gamblet med menneskehetens skjebne ser nå konsekvensene utvikle seg, hjelpeløse til å stoppe tidevannet de hadde satt i gang.

Og etter hvert som de første rapportene kommer inn om hypersoniske påvirkninger i fjerntliggende hjørner av Europa, setter virkeligheten inn. Dette er ikke lenger en maktdemonstrasjon eller et strategisk grep i nasjonenes store spill. Dette er krig, utløst og ukontrollerbar, hvor den eneste sikkerheten er ødeleggelse.

Kina gjengjelder seg

Mens verden kjemper med katastrofen som utspiller seg, kommer Long March Bunkers, innhyllet i hemmelighold i hjertet av Kina, til liv. Bare åtte minutter etter oppskytingen av Amerikas Harbinger, skjelver bakken av råkraften til nok en fryktinngytende gjengjeldelse. Kineserne har gått inn i kampen og sluppet løs 150 hypersoniske kjernefysiske stridshoder, hver av dem er en varsler om død og ødeleggelse.

Absolutt, her er en dialog som fanger alvoret i den kinesiske gjengjeldelsen:

President Jianyu Chen: General Feng, amerikanerne har lansert sine Harbingers. Terningen kastes, og verden ser på. Hva er statusen til The Long March Bunkers?

General Wei Feng: Herr president, styrkene våre er i beredskap. De 150 hypersoniske atomstridshoder er primet. Vi kan nå alle utpekte mål i løpet av minutter.

President Jianyu Chen: Dette er en dyster dag, general. Konsekvensene av denne handlingen vil gi gjenklang gjennom historien. Er du sikker på at forsvaret vårt er sikkert?

General Wei Feng: Vårt hjemland er på maksimal beredskap. Men offensiven... det er en alvorlig reaksjon. Er vi fast bestemt på å gå denne veien?

President Jianyu Chen: Løsning er en luksus som tilbys før konflikt. Vi er nå i nødvendighetens rike. Den amerikanske aggresjonen kan ikke gå ubesvart. De truer ikke bare oss, men den globale maktbalansen.

General Wei Feng: Ja, herr president. Våre mål inkluderer amerikanske baser, deres allierte i Japan, Australia og over hele Asia. Denne gjengjeldelsen vil sende en klar melding.

President Jianyu Chen: Og de uskyldige lever? Sivile på disse stedene?

General Wei Feng: Sideskade er dessverre en dyster realitet av krig. Alt har blitt gjort for å minimere det, men hovedmålet er å nøytralisere trusselen.

President Jianyu Chen: (med tungt hjerte) Da er det med et alvorlig hjerte jeg gir ordren. Avfyr *stridshodene. La det være kjent at Kina står sterkt mot alle som truer hennes suverenitet.*

General Wei Feng: Som du befaler, herr president. Starter lanseringssekvens.

(En rekke kommandoer utveksles, og tyngden av øyeblikket legger seg over rommet.)

General Wei Feng: Lanseringssekvens fullført. Stridshodene er på vei.

President Jianyu Chen: Måtte historien huske at vi ikke valgte denne krigen, men vi vek heller ikke unna den. For nasjonens fred og sikkerhet handler vi.

General Wei Feng: Fred gjennom styrke. Kina vil holde ut.

Long March Bunkers, oppkalt etter sin varige styrke og symbolet på motstandskraft, tjener nå et mørkere formål. De tunge ståldørene, konstruert for å motstå den verste menneskehetens frykt, svinger opp. Fra disse befestede dypet dukker missilene opp, båret opp på ild- og raserpilarer.

Lanseringssekvensen er en mesterklasse i presisjon og teknologisk dyktighet. Kinesisk militært personell utfører ordrene sine med en avkjølende effektivitet, ansiktene deres satt i dyster besluttsomhet. Når de hypersoniske stridshodene stiger opp, bryter de raskt atmosfæren, deres slanke former designet for fart og unndragelse, noe som gjør dem nesten umulige å avskjære.

Stridshodene, som hver er utstyrt med flere uavhengig målbare reentry vehicles (MIRV), vifter ut over himmelen. Deres mål: en liste over allierte som har stått sammen med Amerika, inkludert Japan, Australia og viktige strategiske punkter over hele Asia. Budskapet er klart - ingen alliert med angriperen er trygge.

I Japan står det ikoniske Fuji-fjellet stille mot et bakteppe av kaos. Varslingssystemer braker over hele landet, fra de neonopplyste gatene i Tokyo til de rolige hagene i Kyoto. Japanerne, lenge forberedt på naturkatastrofer, står nå overfor en menneskeskapt katastrofe av enestående omfang.

Australia, landet der nede, ser opp når himmelen forråder dem. Den enorme utmarken, de travle byene langs kysten – alle er truet. Australiere, langt fra de historiske krigsteatrene, opplever nå at frontlinjene har kommet til dem.

Over hele Asia går amerikanske baser og allierte inn i en tilstand av lockdown. Soldater tar på seg utstyret sitt, sivile søker ly, og ledere fremsetter desperate oppfordringer til våpenhviler, stemmene deres tapt i kakofonien til forestående undergang.

Ødeleggelsene som følger er hinsides fantasi. De hypersoniske stridshodene, som ankommer med skremmende hastighet, gir liten sjanse for unndragelse eller respons. Nedslagene er som gudenes hammer, og slipper løs energi som brenner, flater ut og tilintetgjør med en voldsomhet som naturen selv ikke kan matche.

Byer som stod som vitnesbyrd om menneskelig prestasjon er redusert til aske. Landskap som har vugget sivilisasjoner er arret til det ugjenkjennelige. Tapet av liv er svimlende, en toll som vil gjenlyde historiens annaler i det øyeblikket verden endret seg.

Ødeleggelsene er ikke bare fysiske. Menneskehetens stoff, båndene som forbinder nasjoner og folk, er revet i stykker. Tillit er utslettet, håpet er slukket, og fremtiden, en gang lyst med løfter, ligger nå under skyggen av en soppsky.

Når støvet begynner å legge seg, og omfanget av ødeleggelsene blir tydelig, blir verden overlatt til å konfrontere en helt ny virkelighet. Tiden for hypersonisk atomkrig har begynt, og med den en epoke med ødeleggelser utenkelig i menneskets historie.

Kapittel 4: Forrædersk landskap - Overlevelsesgruppe dukker opp

Mens Alex Mercer navigerer i det forræderske landskapet i en verden som er ugjort, krysser de veier med en mangfoldig gruppe overlevende, som hver bringer sine egne styrker, hemmeligheter og historier til bordet. Sammen danner de en kjernegruppe for overlevelse, bundet av det felles målet om å overleve apokalypsen.

Alex Mercer: "Denne verden er ikke hva den pleide å være, men vi er fortsatt her, og vi må gjøre det beste ut av det. Jeg har navigert gjennom ruinene, og jeg har plukket opp en ting eller to om å fange og holde seg ute av syne, jeg vet at vi kan overleve dette - hvis vi jobber sammen."

Morgan: "Jeg er med deg, Alex. Tiden min i hæren lærte meg disiplin og strategi. Jeg kan hjelpe til med å befeste krisesenteret vårt, og treningen min betyr at jeg ikke er dårlig med en pistol heller. Vi kan sette opp et solid forsvar."

Steve: "Og du trenger mine tekniske ferdigheter. Gi meg en haug med utklipp, så gir jeg deg en fungerende radio, eller kanskje til og med strøm. Å holde oss tilkoblet og energisk kan utgjøre hele forskjellen."

Agatha: "Med verden i grus, er min kunnskap om urter og naturmidler uvurderlig. Jeg kan hjelpe til med å behandle sår og sykdommer ved å bruke det naturen fortsatt tilbyr oss."

Einar: "Jeg er ikke fremmed for å overleve i naturen. Jakt har vært livet mitt. Jeg kan spore, fange og gi mat. Hvis den beveger seg, kan jeg fange den. Dessuten vet jeg hvordan jeg skal holde meg usett - nyttig for å unngå problemer."

Lucas: "Ikke glem oss teknikere. Jeg kan hacke meg inn i det som er igjen av internett, samle informasjon og kanskje finne ressurser eller andre overlevende. Kunnskap er makt, ikke sant?"

Lily: "Og jeg skal hjelpe Lucas. To hoder er bedre enn ett, spesielt når det kommer til å knekke koder og sette sammen den digitale verden fra utklippene vi finner."

Ethan: "Vi må holde moralen oppe og opprettholde vår menneskelighet midt i dette kaoset. Jeg har en gitar og en haug med bøker. Underholdning og utdanning kan virke trivielt nå, men de vil være avgjørende for vår ånd."

Emma: "Og mens dere alle fokuserer på å overleve, ikke glem at vi må holde oss friske. Jeg er en ganske god kokk, og jeg vet hvordan jeg skal få mest mulig ut av maten vi finner. Et varmt måltid kan gjøre en stor forskjell for vår overlevelse og fornuft."

Alex Mercer: "Det ser ut til at vi alle har noe å bringe til bordet. Hvis vi slår sammen ferdighetene våre og forblir forent, kan vi møte hva denne nye verdenen kaster på oss. La oss inngå en pakt – overleve sammen, eller ikke i det hele tatt."

Ethan og Emma:

Ethan, en tidligere ambulansepersonell, og Emma, en skolelærer, er søsken som klarte å unnslippe det første kaoset sammen. Ethans medisinske ekspertise blir uunnværlig, og gir gruppen en sjanse til å behandle skader og sykdommer i en verden uten sykehus. Emmas rolige oppførsel og erfaring med å administrere barn bidrar til å holde gruppens moral flytende. Hun viser seg også å være overraskende ressurssterk, og utnytter sin kunnskap om kjemi fra undervisning i naturfag for å lage provisoriske løsninger på praktiske problemer.

Lucas og Lily Hawthorne:

Lucas, en grådig eks-marine, og datteren hans Lily, en kvikk tenåring med en lidenskap for fornybar energi, forberedte seg på en helgejakttur da katastrofen inntraff. Lucas sine kampferdigheter og overlevelsestrening gjør ham til gruppens beskytter, mens Lilys oppfinnsomhet med elektronikk og alternative energikilder blir avgjørende i en verden der nettet har sviktet. Til tross for ungdommen hennes, inspirerer Lilys motstandskraft og tilpasningsevne gruppen.

Einar Gråskjegg:

Einar, kjærlig kjent som «Gråskjegg», er en pensjonert historieprofessor hvis hobby med å gjenskape historiske kamper ble til et livreddende ferdighetssett. Hans kunnskap om eldgamle overlevelsesteknikker, fra å lage ild uten moderne verktøy til å identifisere spiselige planter, blir uventet relevant. Einars historier om menneskelig utholdenhet gjennom historien gir et sårt tiltrengt perspektiv på deres nåværende kamper.

Agatha Wintervale:

Agatha, en gang eieren av en liten økologisk gård i utkanten av byen, har en enestående grønn tommel og en enorm kunnskap om landbruk og urtebruk. Med hennes ferdigheter har gruppen en sjanse til å etablere en bærekraftig matkilde, noe som er avgjørende for langsiktig overlevelse. Agathas omsorgsfulle natur og visdom gir en trøstende tilstedeværelse, noe som gjør henne til hjertet i gruppen.

Morgan Avery:

Morgan, en tidligere sikkerhetskonsulent med en hemmelighetsfull fortid, er gruppens gåte. Deres forståelse av sikkerhetssystemer og evne til strategisk tenkning hjelper gruppen å unngå fare og sikre trygge havn. Morgan er motvillig til å dele personlige detaljer, men er sterkt lojal mot de som tjener deres tillit. Med en forkjærlighet for å ligge et skritt foran trusler, holder Morgans årvåkenhet gruppen fra selvtilfredshet.

Sammen må denne gjengen overlevende navigere i kompleksiteten i deres nye virkelighet, og utnytte sine kollektive ferdigheter for å overvinne utfordringene i en verden i ruiner. Obligasjoner vil bli testet, og allianser knyttes mens de jobber for å bygge et skinn av liv midt i et bakteppe av ødeleggelse. Hvert medlem bidrar ikke bare med sin ekspertise, men også med sine håp og frykt, og maler en mosaikk av menneskehetens motstandskraft i møte med dens største prøvelse.

Kapittel 5: Whiff of Death - Helligdom i nord og verdens ledere konvergerer i Afrika

Gruppens innledende kamp for å overleve i umiddelbar etterdønning av apokalypsen begynner å sette seg inn i en rutine med å fange, holde seg skjult og opprettholde en skjør følelse av normalitet midt i kaoset. "The Whiff of Death" har blitt en konstant følgesvenn, og selv om den veier tungt på deres sinn, fungerer den også som en katalysator for en sentral beslutning.

Midt i ruinene av en en gang blomstrende by, oppdager gruppen et kart i restene av en preppers bunker. Kartet beskriver plasseringen av et ryktet helligdom langt mot nord, og et annet sted var Afrika - et sted som sies å være mindre påvirket av atomnedfallet, der et samfunn visstnok gjenoppbygger et utseende av sivilisasjon. Afrika var for langt for disse overlevende, men de vil prøve å nå helligdommen i nord først. Helligdommen er et symbol på håp, en sjanse til å unnslippe det dødelige grepet av deres nåværende virkelighet. Reisen er imidlertid full av fare, og strekker seg over hundrevis av kilometer med forrædersk terreng som myldrer av lovløse gjenger og forurensede soner.

Beslutningen om å forlate den relative sikkerheten til deres nåværende gjemmested og legge ut på denne reisen deler gruppen. Noen, som Ethan og Emma, ser på det som et dåres ærend, og foretrekker djevelen de kjenner fremfor det usikre løftet om sikkerhet. Andre, som Lucas og Lily, er villige til å risikere alt for selv den minste sjanse til et bedre liv. Einar ser på det som historien som gjentar seg – den evige menneskelige søken etter et lovet land – mens Agatha i det stille frykter tapet av den lille grønnsaken hun har klart å dyrke mot alle odds.

Alex Mercer, som har blitt gruppens de facto-leder i kraft av sin oppfinnsomhet og rettferdighet, står overfor den siste samtalen. Vekten av denne avgjørelsen går ikke tapt for Alex; det handler ikke bare om deres eget liv, men livene til alle de de har kommet til å bry seg om i denne nye, ødelagte verden.

Ethan: "Et fristed, helt opp i nord? Høres ut som en myte for meg. Vi har en god ting på gang her. Vi vet risikoen, og vi har klart å holde oss i live. Hvorfor spille med livene våre nå?"

Emma: "Jeg er enig med Ethan. Vi har våre rutiner, og vi vet hvordan vi skal håndtere farene her. Hvem vet hva som er der ute? Kan være enda verre enn dette - hvis du kan forestille deg det."

Lucas: "Men tenk på det - hva om det er sant? Et sted langt unna dette... dette forfallet, en sjanse til å gjenoppbygge? Jeg sier det er verdt risikoen. Vi kan ikke bare nøye oss med å overleve. Vi må tenke på lever, virkelig lever."

64

Lily: "Lucas har rett. Og vi blir ikke tryggere her. Hver dag puster vi inn "Dødens lukt", og det er en konstant påminnelse om at tiden renner ut. Helligdommen kan være vårt eneste skudd på en framtid."

Einar: "Dette er menneskehetens natur; alltid på jakt etter et lovet land. Vi har gjort det siden tidenes morgen. Jeg sier vi tar turen. Det er bedre å dø som frie mennesker enn å leve som fanger i denne ødemarken."

Agatha: "Men hva med grøntområdet jeg har klart å dyrke? Det er ikke mye, men det er livet. Det er håp. Vi drar, og det dør. Og for hva? Et rykte? En hvisking om sikkerhet i vinden?"

Alex Mercer: "Jeg hører alle bekymringene dine, og jeg tar ikke lett på noe av dette. Ethan, Emma, din forsiktighet har holdt oss i live så langt, og det er uvurderlig. Lucas, Lily, ditt håp er brannen som kan lede oss til en ekte fremtid Einar, ditt perspektiv minner oss om hvem vi er, og Agatha, din hage er et symbol på det vi prøver å bevare. Hvis vi går bli sammen, jeg vil ikke tvinge dette på noen. Vi trenger å bestemme oss som en familie som er skapt ved

*verdens ende. Så la oss stemme – blir vi eller skal vi.
"*

I det minkende lyset av et leirbål, mens gruppen diskuterer sitt neste trekk, tar Alex seg et stille øyeblikk for å reflektere over reisen så langt – tapene, triumfene og den ubrytelige menneskelige ånden som har båret dem gjennom. Med kartet spredt foran dem, vet Alex at valget de tar vil sette dem på vei mot en ny, usikker fremtid.

Alex Mercer: "Ok, alle sammen. Det er på tide. Alle for å dra nordover på leting etter helligdommen, løft opp hendene."

Lucas, Lily og Einar rekker opp hendene

Alex Mercer: "Det er tre for å gå. Nå, de som ønsker å bli, rekke opp hendene."

Ethan, Emma og Agatha rekker opp hendene

Alex Mercer: "Det er delt jevnt... og som leder vil stemmen min vippe vekten. Dette handler ikke bare om hva jeg vil, men hva jeg tror er best for oss alle. Jeg tror på håp, på å ta sjansen for å finne et bedre liv. Så jeg stemmer at vi går."

Ethan: "Fy faen, Alex. Jeg skjønner det. Men du vet at dette er en stor risiko, ikke sant?"

Emma: "Vi stoler på deg, Alex. Hvis dette er avgjørelsen, vil vi støtte den. Men la oss være forsiktige og smarte med denne reisen."

Lucas: "Ja! Jeg visste at du ville se potensialet, Alex. Dette kan være begynnelsen på noe stort for oss."

Lily: "Vi må planlegge dette nøye. Det kommer ikke til å bli lett, men sammen har vi en sjanse."

Einar: "Et nytt kapittel i vår saga begynner. La oss møte det med tapperhet."

Agatha: "Jeg antar at håp er et frø som trenger å plantes like mye som alle andre. La oss gjøre dette, men la oss ikke glemme hva vi etterlater."

Alex Mercer: "Jeg lover, ingenting av dette er lett avgjort. Vi vil forberede oss så mye vi kan. Vi vil ta vakter på vakt, vi skal lete etter forsyninger, og vi vil kartlegge ruten vår nøye. Vi har overlevd så lenge sammen; vi kan komme oss til denne helligdommen. La oss gjøre oss klare.

Til slutt står Alex, kartet i hånden, og kunngjør avgjørelsen: de skal reise til helligdommen i nord. Det er et spill, men et som tilbyr mer enn bare overlevelse – det gir en sjanse til en ny begynnelse, et nytt fellesskap, og kanskje en måte å begynne å helbrede fortidens sår på.

Afrika vil være gruppens reservealternativ siden det kontinentet ikke ble påvirket av atomutvekslingen.

Alex Mercer: "Før vi sluttfører vår beslutning om å dra nordover, er det ett alternativ til på bordet – Afrika. Det sies å være mindre påvirket av nedfallet, potensielt en ny start. Men det er et stort stykke unna. La oss snakke gjennom dette og så stem Lucas, du nevnte Afrika før, hva er dine tanker?"

Lucas: "Ideen om et mindre forurenset sted er fristende, men reisen er enorm. Vi måtte krysse et hav, og hvem vet hvilken geopolitisk tilstand Afrika er i akkurat nå. Det er et stort spill."

Lily: "Og logistikken med å komme til Afrika er et mareritt. Vi vet ikke engang om det er arbeidsskip , enn si farene ved selve havet. Helligdommen nordover er langt, men det er på samme kontinent."

Einar: *"Nordover er en vandring gjennom kjente farer - hardt vær, gjenger, forurensning. Afrika er et sprang inn i det ukjente. Vi kan handle dårlig til det verre."*

Agatha: *"I tillegg aner vi ikke hva slags velkomst vi vil få i Afrika. Helligdommen har blitt bygget opp som et sted for overlevende som oss. Det virker som det naturlige første skrittet."*

Ethan: *"Jeg synes fortsatt vi bør holde oss til djevelen vi kjenner her, men hvis vi må velge mellom en fjern drøm og en mulig realitet, sier jeg at vi drar nordover."*

Emma: *"Enig. Helligdommen er en strekning, men Afrika føles som en fantasi. Hvis vi skal risikere livet, bør det være for noe vi faktisk kan nå."*

Alex Mercer: *"Ok. La oss sette det til en avstemning. Alle som er for å prøve Afrika, rekker opp hendene."*

Ingen hender går opp.

Alex Mercer: "Og de som er for å dra til den nordlige helligdommen?"

Alle hender er hevet

Alex Mercer: "Da er det enstemmig. Vi vil forberede oss på å dra nordover. Helligdommen er målet vårt. Vi vil samle forsyninger, kartlegge ruten vår og flytte ut med sesongskiftet. Afrika må vente - for nå ligger vårt håp mot nord."

Når første akt avsluttes, begynner gruppen å forberede seg på den vanskelige reisen som ligger foran seg. Forsyninger samles, roller tildeles og farvel blir sagt til det eneste hjemmet de har kjent siden verden forandret seg for alltid. Med en blanding av frykt, håp og besluttsomhet leder Alex gruppen vekk fra leirbålets glød, og går inn i det ukjente mens de første morgenstrålene bryter over horisonten, og signaliserer starten på et nytt kapittel i deres søken etter å overleve.

Verdens ledere begynte å konvergere i Afrika

Ettersom nyheten om Afrikas mirakuløse flukt fra atomnedfallet sprer seg som en ild i tørt gress, starter en masseeksodus. Fra alle verdenshjørner klatrer overlevende for passasje til kontinentet som har blitt et fyrtårn av håp midt i ødeleggelsene. Himmelen, som en gang var fylt med ødeleggende agenter, er nå på kryss og tvers av fly som er bestemt for sikkerheten til Afrikas forskjellige land.

General Wei Feng, en militærleder som en gang ledet enorme hærer, finner seg nå i å gjete en gruppe flyktninger. Hans strategiske sinn, som en gang fokuserte på krigskunsten, dreier seg til logistikken for frelse. Han går om bord på et transportfly med et stålsatt blikk, fast bestemt på å beskytte det som er igjen av folket hans.

General Viktor Sokolov, som ikke er fremmed for konfliktens harde realiteter, organiserer konvoier fra restene av nasjonen hans. Hans besluttsomhet er en bærebjelke for de som følger ham, deres reise er en vandring over land og hav, alle øyne rettet mot den afrikanske horisonten.

Cassandra "Cassie" Donovan, en diplomat som en gang navigerte i internasjonal politikks forræderske farvann, bruker nå ferdighetene sine for å sikre trygg passasje for de sårbare. Stemmen hennes, som en gang lød i maktens haller, gir nå trøst til de redde barna og familiene ombord på et skip på vei til Afrika.

Dr. Marcus Flint, hvis forskning på miljøgjenvinning kan være menneskehetens frelsende nåde, samler raskt notatene og utstyret hans. Han går ombord på et fly, omgitt av andre forskere, som alle kjemper mot tiden for å forhindre ytterligere økologisk katastrofe.

Pave Serapina I, et fyrtårn for åndelig veiledning i en verden som mister troen, leder en flokk av troende. Hans nærvær er en stillhet midt i stormen, mens han ber for de tapte sjelene og livene som henger i en tynn tråd.

Imam Yasir Al-Fahim, en mann med dyp overbevisning, organiserer hjelpearbeid fra Midtøsten. Hans ord om fred og motstandskraft gir gjenklang med folkemengdene som nå søker tilflukt i land som en gang ble ansett for fjerne.

Dr. Amara Khatun, en kjent ekspert på bærekraftig landbruk, inngår allianser med afrikanske ledere for å sikre at den innkommende befolkningen kan mates og gis ly. Hennes ekspertise er en nøkkel til overlevelse i den nye verden.

President Jianyu Chen, en gang leder av en supermakt, representerer nå håpet til nasjonens overlevende. Reisen hans er dyster, en refleksjon over de katastrofale avgjørelsene som har ført til dette punktet.

Mikail Ivanov, en milliardær hvis rikdom betydde lite i møte med atomutslettelse, charter en flåte av fly for å frakte så mange han kan i sikkerhet. Hans ressurser, en gang et middel til personlig vinning, tjener nå en større hensikt.

Eleanor Harwood, en menneskerettighetsforkjemper, organiserer campingvogner fra ruinene av byer, og leder de fordrevne gjennom farlige landskap til løftet om et fristed.

President Alexandre Durand, en statsmann som en gang snakket om enhet, er nå vitne til oppløsningen av gamle allianser. Hans reise til Afrika er et oppdrag for å gjenoppbygge fra asken fra den gamle verden.

President Katherine «Kate» Marshall, lederen av en nasjon som en gang sto som et symbol på frihet, søker nå å bevare restene av landet sitt. Flyturen hennes til Afrika er fylt med både besluttsomhet og anger.

Når disse lederne og utallige andre konvergerer til Afrika, blir kontinentet en smeltedigel av kulturer og historier. Flyplasser er overveldet, havner er travle, og grenser som en gang avgrenset menneskehetens skiller, krysses med en ny følelse av hensikt.

Afrika, med sine enorme ørkener, frodige regnskoger og viltvoksende savanner, åpner armene for de overlevende. Reisen er full av fare, men også med øyeblikk av menneskelig vennlighet og solidaritet. For i møte med en slik enestående katastrofe, finner de overlevende at deres felles menneskelighet er det sterkeste båndet av alle, og det er dette båndet som vil være grunnlaget de vil bygge en ny fremtid på.

I en verden herjet av atomkonflikt fremstår Dr. Kwame Adomako som en sentral skikkelse i koordineringen av en ny global innsats. Med en rolig, men likevel autoritativ tilstedeværelse, står han i et provisorisk kommandosenter, og summer av aktivitet, som ligger i en av de sparte afrikanske hovedstedene. Øynene hans, slitne etter søvnløse netter, skanner de siste oppdateringene om flyktningbevegelser og internasjonal kommunikasjon.

Dr. Adomako, en ekspert på internasjonale relasjoner og krisehåndtering, er på telefon med president Katherine "Kate" Marshall, og diskuterer de umiddelbare behovene til hennes folk og de beste inngangspunktene til kontinentet. Stemmen hans er stødig, og forsikrer presidenten om at Afrika er klar til å tilby tilflukt og at han personlig fører tilsyn med innsatsen for å imøtekomme tilstrømningen.

På en annen linje er et team av hans medhjelpere i en videokonferanse med general Wei Feng og general Viktor Sokolov. De jobber gjennom logistikken med å etablere sikre korridorer for trygg reise for sivile på tvers av potensielle konfliktsoner som fortsatt kan utgjøre en trussel, til tross for dagens fokus på overlevelse og gjenoppbygging.

Rommet blir stille et øyeblikk mens Dr. Adomako mottar en kryptert melding fra pave Serapina I, som tilbyr sitt nettverk av humanitær hjelp og søker veiledning om hvordan disse ressursene best kan distribueres. Dr. Adomako svarer med presise instruksjoner om hvor hjelpen er mest påtrengende, og understreker behovet for mat, medisiner og husly.

Mens han koordinerer med verdens ledere, er Dr. Adomako også svært klar over den politiske dynamikken som spiller. Han navigerer nøye gjennom nasjonale lederes følsomhet, og anerkjenner deres suverenitet samtidig som han understreker nødvendigheten av en samlet front i møte med denne globale katastrofen. Han oppfordrer til samarbeidsstyring, og foreslår en koalisjon av nasjoner som vil jobbe sammen for å håndtere krisen, og sikre at alle stemmer blir hørt og respektert.

I bakgrunnen oppdaterer et team av logistiske eksperter kontinuerlig kart og diagrammer, sporer flyktningers bevegelser og kapasiteten til ulike afrikanske nasjoner til å ta imot dem. Dr. Adomako gjennomgår disse oppdateringene, og tar sanntidsbeslutninger om å omdirigere flyktninger til mindre overbelastede områder, samtidig som den sikrer at fordelingen av bistand forblir rettferdig.

Telefonen hans ringer igjen; denne gangen er det Dr. Amara Khatun på linjen. Hun ringer for å diskutere integrering av bærekraftig landbrukspraksis i regionene som forventer det høyeste antallet flyktninger. Dr. Adomako lytter intenst, vel vitende om at matsikkerhet vil være et kritisk problem i de kommende månedene og årene.

Gjennom denne komplekse koordinasjonsdansen forblir Dr. Adomako en styrkepilar. Han er bærebjelken i en operasjon som spenner over kontinenter og kulturer, et bevis på den menneskelige åndens motstandskraft. Hans innsats handler ikke bare om å håndtere en migrasjon uten sidestykke; de handler om å legge grunnlaget for en ny verdensorden, en som reiser seg fra asken av den gamle med fornyet vekt på samarbeid og medfølelse.

Akt 2: Midten (del 1):

Kapittel 6: Kamp for å finne sikkerhet

Når gruppen drar fra deres midlertidige fristed, begynner den harde virkeligheten i det ødelagte landskapet å forme reisen deres. Det en gang kjente terrenget er nå et lappeteppe av faresoner, hver med sine egne utfordringer og trusler.

Alex Mercer: "Ok, alle sammen, dette er det. Vi forlater sikkerheten til gjemmestedet vårt. Herfra og ut står vi overfor en verden som har forandret seg til det ugjenkjennelige. Vær skarpe, hold sammen, så skal vi klare det."

Agatha: "Husk, rent vann og mat er mangelvare. Jeg skal holde øye med spiselige planter, og Lucas, du må bruke disse jaktferdighetene godt."

Lucas: "Skjønner det, Agatha. Jeg lar oss ikke gå sultne. Men vi må alle være klare til å gå en stund mellom måltidene."

Einar: "Og vær oppmerksom på strålingssonene. Jeg skal vise deg hvordan du lager enkle dosimetre. Vi må unngå hot spots, selv om det betyr å ta den lange veien rundt."

Emma: "Jeg skal gjøre mitt beste med vannet vi finner. Kjemikaliekunnskapen min kan kanskje hindre oss i å bli dehydrert. Men det kommer til å bli tøft."

Ethan: "Hvis vi møter andre overlevende, kan jeg tilby medisinsk hjelp i bytte mot sikker passasje eller forsyninger. Men Morgan, vi trenger ditt taktiske øye mer enn noen gang."

Morgan: "Stol ikke på noen som standard. Hvis vi kan handle eller forhandle, flott, men jeg vil se etter tegn på et dobbeltkryss. Vi har ikke råd til å svikte vår vakt."

Lily: "Det kommer til å bli vanskelig, men vi kan ikke miste håpet. Jeg skal gjøre alt jeg kan for å holde motet oppe. Vi er i dette sammen, ikke sant?"

Emma: "Akkurat, Lily. Og jeg skal organisere noen aktiviteter for å gi oss en pause fra stresset. Litt normalitet kan gå langt."

Einar: "Vi har vært gjennom tøffe tider før, det har menneskeheten. Jeg skal dele historier for å minne oss på det. Vi er robuste, vi skal komme oss gjennom dette."

Ethan: "Og jeg skal holde oss oppdatert så godt jeg kan. Men vi må være forsiktige. Hver ripe er en risiko uten de riktige forsyningene."

Morgan: "Når det kommer til vold, vil vi unngå det hvis vi kan. Lucas, din militære erfaring er uvurderlig, men sniking og strategi vil tjene oss best."

Lucas: "Forstått. Vi vil forsvare oss om nødvendig, men å holde oss utenfor syne er vårt beste forsvar."

Alex Mercer: "Jeg vil lede an. Mine ferdigheter i urban utforskning vil hjelpe oss å navigere. Vi vil bruke alle gamle kart og kompass vi har for å holde oss på kurs. Vi er ikke bare overlevende, vi er pionerer i et nytt verden."

Gruppe: (Sammen) "Til helligdommen!"

Med en blanding av besluttsomhet og frykt drar gruppen ut, hvert medlem spiller allerede sin rolle, deres kollektive vil drive dem fremover. Til tross for det ukjente som ligger foran dem, er deres felles beslutning et fyrtårn av håp i en mørklagt verden.

Knapphet på ressurser:

Knappheten på uforurenset vann og uforgjengelig mat blir en konstant bekymring. Supermarkeder og butikker har blitt plyndret eller ødelagt, og det lille som gjenstår blir ofte bortskjemt eller bevoktet av fiendtlige overlevende. Agathas kunnskap om spiselige planter og Lucas sine jaktferdigheter bidrar til å supplere deres synkende forsyninger, men gruppen er alltid ett skritt unna sult.

Miljøfarer:

Miljøet i seg selv utgjør en betydelig trussel. Områder i nærheten av eksplosjonsstedene er varme strålingssoner, noe som krever brede omveier som undergraver deres energi og tid. Einars historiske kunnskap spiller inn, da han lærer gruppen å lage rudimentære dosimetre ved å bruke vanlige materialer for å måle strålingsnivåer. Emmas provisoriske kjemiske løsninger hjelper til med å dekontaminere vann i små mengder, og sikrer at gruppen kan holde seg hydrert.

Møter med andre overlevende:

Gruppen møter andre overlevende, hver interaksjon er en høyinnsats. Ethans medisinske ferdigheter fungerer noen ganger som en byttebrikke for sikker passasje eller forsyninger, men Morgans taktiske skarpsindighet er det som hindrer gruppen fra å falle i feller lagt av de mindre nøye. Tillit er vanskelig å oppnå, og hvert nytt ansikt kan være en venn eller fiende.

Psykologisk belastning:

Den psykologiske belastningen av konstant årvåkenhet begynner å slite på dem. Lilys ungdommelige optimisme blir satt på prøve mens den harde virkeligheten deres tar sitt toll. Emma bruker undervisningsferdighetene sine til å holde motet oppe, og organiserer små gruppeaktiviteter for å bevare en følelse av normalitet. Einars historier om motstandskraft i menneskets historie gir trøst, og minner gruppen om at de ikke er de første som møter slike prøvelser.

Helse og skade:

Helse blir et presserende problem, ettersom mindre skader kan bli dødelige uten riktig behandling. Ethans ambulanseerfaring er viktig, men mangelen på medisinsk utstyr er et alvorlig problem. Alexs lederskap blir satt på prøve, da de må balansere gruppens helse og moral mens de tar vanskelige beslutninger om rasjonering og reisetempo.

Fiendtlige møter:

Trusselen om vold er alltid tilstede. Lucas militære bakgrunn og Morgans sikkerhetsekspertise er avgjørende for å forsvare gruppen mot banditter eller aggressive åtseldyr. Alex stoler ofte på Morgans strategiske tenkning for å unngå konfrontasjoner, og erkjenner at hver kamp de kan omgå er energibevart for reisen fremover.

Navigasjonsutfordringer:

Navigasjon er en utfordring i en verden der landemerker har blitt utslettet eller endret til det ugjenkjennelige. Alex sin urbane utforskningserfaring blir uvurderlig når de leder gruppen gjennom labyrinten av ødeleggelse, ved å bruke gamle kart og kompass for å veilede dem mot målet.

Til tross for vanskelighetene, hardner gruppens kollektive besluttsomhet for hver hindring som overvinnes. De lærer å fungere som en enhet, og hvert medlem spiller på sine styrker for å holde gruppen fremover. Kampen for å finne sikkerhet og ressurser er en daglig test av deres overlevelsesevner, deres tilpasningsevne og deres menneskelighet. For hver mil tilbakelagt, blir båndene mellom dem sterkere, det samme gjør deres besluttsomhet om å nå helligdommen og håpet om et nytt liv den representerer.

Kapittel 7 - Vennlig og fiendtlig gruppe

Mens Alex Mercer og den sentrale overlevelsesgruppen krysser det øde landskapet, krysser deres vei uunngåelig med andre overlevende. Disse møtene er uforutsigbare og kan variere fra gjensidig fordelaktige allianser til farlige konfrontasjoner.

Møte med Dr. Amara Khatun:

Alex Mercer: "Hold opp, alle sammen. Det er et samfunnshus foran som ikke ser helt forlatt ut. La oss nærme oss med forsiktighet."

(Gruppen nærmer seg forsiktig samfunnshuset. Dr. Amara Khatun går ut for å hilse på dem.)

Dr. Amara Khatun: "Hvem er du? Hva vil du?"

Agatha: "Vi mener ingen skade. Jeg heter Agatha, og jeg har litt erfaring med landbruk. Vi leter bare etter et trygt sted å hvile og kanskje handle hvis du er villig."

Dr. Amara Khatun: "Jeg er Dr. Amara Khatun. Jeg har jobbet med å utvikle plantestammer som tåler strålingen. Du må gjerne hvile her, men jeg tar ikke godt imot trusler eller bedrag."

Ethan: "Vi har ingen intensjon om å lure. Jeg er Ethan, en mediciner. Jeg kunne ikke unngå å legge merke til bandasjen på armen din. Kanskje jeg kan ta en titt på det for deg?"

Dr. Amara Khatun: "Det ville vært... satt pris på, takk. I bytte kan jeg dele noe av avlingen min med deg. Det er ikke mye, men det er noe."

(Ethan pleier Amaras skader mens Agatha og Amara diskuterer plantestammer.)

Lily: "Dr. Khatun, arbeidet ditt er fantastisk. Det er som om du bringer liv tilbake til en død verden."

Dr. Amara Khatun: "Det er håpet, Lily. Hver frøplante er et skritt mot å gjenvinne det vi har mistet. Men jeg må innrømme at det er en langsom prosess og jeg har vurdert å bli med i en gruppe som reiser til Afrika. De sier det er tryggere der."

Alex Mercer: "Vi har hørt lignende historier om Afrika, men vi er på vei nordover til et fristed som skal være for mennesker som oss, overlevende som prøver å gjøre en forskjell."

Dr. Amara Khatun: "Helligdommen er et edelt mål, men Afrika kan tilby et rent ark, et sted å bruke forskningen min i større skala. Hvorfor ikke bli med oss?"

Morgan: "Dr. Khatun, vi respekterer ditt arbeid og ditt oppdrag. Men reisen til Afrika er full av ukjente ting. Vi har et solid forsprang på helligdommen nordover, og vi har allerede bestemt at det er vår beste sjanse."

Agatha: "Og med din ekspertise innen botanikk, kan du gjøre en betydelig innvirkning på helligdommen. Vi kan jobbe sammen, kombinere vår kunnskap."

Dr. Amara Khatun: "*Det er fristende, jeg innrømmer det. Helligdommen kan være et sted å begynne å gjenoppbygge, men jeg må være sikker på at det er det riktige valget.*"

Alex Mercer: "*Vi forstår at det er en stor avgjørelse. Men vi er et team, og vi passer på hverandre. Dine ferdigheter ville være uvurderlige, og du ville ikke måtte møte denne ødemarken alene.*"

Dr. Amara Khatun: "*Jeg vil vurdere tilbudet ditt. Det er klart dere alle har sterke bånd. Kanskje det er på tide at jeg blir en del av noe sånt igjen.*"

(Gruppen deler et måltid med Dr. Khatun, og diskuterer fremtiden og håpet som ligger i deres kollektive styrke. Mens de forbereder seg på å dra, ser det ut til at Dr. Khatun seriøst vurderer invitasjonen deres til å dra nordover.)

Et av de mer håpefulle møtene er med Dr. Amara Khatun, en tidligere forsker som spesialiserte seg i botanikk og genetikk. Hun har klart å gjøre om et nedlagt samfunnshus til et provisorisk laboratorium og drivhus, hvor hun forsøker å dyrke strålingsbestandige plantestammer.

Når gruppen snubler over helligdommen hennes, blir de først møtt med forsiktighet. Men med Agathas landbrukskunnskap og Amaras vitenskapelige ekspertise finner de to raskt felles grunnlag. Dr. Khatun deler funnene sine med gruppen og tilbyr dem noe av avlingen hennes. I bytte gir Ethan medisinsk hjelp for noen av de mindre skadene Amara har pådratt seg mens hun opprettholder sin helligdom.

Møtet med Dr. Khatun gir et glimt av håp og en påminnelse om at det fortsatt er lommer av sivilisasjoner som streber etter fremgang midt i kaoset. Lily er spesielt inspirert av Amaras arbeid, og gruppen drar med nye frø, kunnskap og en fornyet følelse av hensikt.

Møte med Dr. Marcus Flint:

På baksiden møter gruppen Dr. Marcus Flint, en tidligere farmasøytisk leder hvis moralske kompass har blitt skjev av den nye verdensordenen. Flint har samlet en gruppe lojale følgere ved å love dem sikkerhet og medisin i bytte for deres utvilsomme tjeneste. I virkeligheten samler han ressurser og bruker tilhengerne sine til å raidere andre overlevende leire og campingvogner.

Når Alexs gruppe utilsiktet krysser inn i Flints territorium, blir de tatt til fange og ført foran ham. Flint anerkjenner verdien i Ethans medisinske ferdigheter og forsøker å tvinge gruppen til å slutte seg til hans rekker. Morgans strategiske sinn er nøkkelen i dette møtet, da de klarer å kommunisere en skjult plan til gruppen.

Lucas, med sin militære erfaring, skaper en distraksjon, slik at Morgan og Alex kan frigjøre gruppen og unnslippe Flints område. Konfrontasjonen med Flint er en sterk påminnelse om den menneskelige kapasiteten til både godt og ondt, og tvinger gruppen til å møte de mørkere sidene av overlevelse og lengden noen vil gå for å opprettholde makt og kontroll.

(Gruppen, ledet av Alex Mercer, befinner seg plutselig omringet av en væpnet kontingent. De blir raskt eskortert til et befestet område. Innvendig blir de brakt for en mann som utstråler autoritet.)

Møte med Dr. Marcus

Dr. Marcus Flint: "Velkommen til mitt lille stykke orden i denne kaotiske verden. Jeg er Dr. Marcus Flint. Og det er du?"

Alex Mercer: "Jeg er Alex Mercer, og vi mener ingen skade. Vi prøver bare å komme til den nordlige helligdommen."

Dr. Marcus Flint: "Helligdommen? En dåres ærend. Jeg tilbyr ekte sikkerhet, virkelig fremgang. Jeg kunne ikke unngå å legge merke til at du har en lege med deg. En verdifull ferdighet satt i disse tider, er du ikke enig?"

Ethan: "Jeg gjør det jeg kan for å hjelpe folk, ikke for å bli brukt som et forhandlingskort."

Dr. Marcus Flint: "Tenk på det som et bidrag til en større sak. Min sak. Til gjengjeld kan jeg tilby deg beskyttelse og ressurser. Bli med meg."

Morgan: (Hvisker til Alex mens han opprettholder et sammensatt uttrykk) "Vi må komme oss ut herfra, Alex. Jeg har en plan, men følg min ledelse."

(Morgan signaliserer subtilt gruppen mens han engasjerer Flint.)

Lucas: (Når han fanger Morgans signaler, later han som et hosteanfall, og trekker oppmerksomheten til Flints menn) "Jeg... jeg trenger vann... vær så snill..."

(Når Flints følgere retter fokuset mot Lucas, griper Morgan øyeblikket.)

Morgan: "Alex, nå!"

(Alex og Morgan avvæpner raskt de nærmeste vaktene. Gruppen går i gang og griper øyeblikket av forvirring for å komme seg unna.)

Dr. Marcus Flint: "Du gjør en feil! Du vil ikke overleve der ute uten min hjelp!"

Alex Mercer: "Vi tar sjansene våre. Vi tror på en annen type fremtid, Flint, en der makt ikke samles på bekostning av andre."

(Gruppen kjemper seg ut av komplekset, med Lucas som dekker tilbaketrekningen deres. De forsvinner inn i ødemarken de kom fra, og etterlater Flints eiendom.)

Alex Mercer: *(Når de er på trygg avstand)* "Alle i orden?"

Ethan: "Vi er alle redegjort for, takket være Morgans raske tenkning."

Morgan: "Vi må fortsette å bevege oss. Flint tar ikke så godt imot å bli overvunnet."

Lily: "Det var skremmende. Men jeg er glad vi ikke er den typen mennesker som vil bli med en som Flint."

Alex Mercer: "Det er møter som dette som tester vår besluttsomhet. Vi kjemper ikke bare for å overleve, vi kjemper for å opprettholde vår menneskelighet."

(Gruppen fortsetter på reisen, deres bånd styrkes av møtet, og deres besluttsomhet om å nå helligdommen fornyes.)

Effekten av disse møtene:

Disse møtene med andre overlevende som Dr. Amara Khatun og Dr. Marcus Flint tjener til å understreke dikotomien mellom menneskets natur i den postapokalyptiske verden. Hvert møte tvinger gruppen til å tilpasse og revurdere sine strategier for å håndtere utenforstående, styrke deres enhet og besluttsomhet.

For Alex er disse interaksjonene en kontinuerlig test av lederskap, siden de hele tiden må balansere de umiddelbare behovene til gruppen med potensielle langsiktige fordeler eller farer som andre presenterer. Opplevelsene former Alexs forståelse av den nye sosiale dynamikken som er i spill og forsterker viktigheten av solidaritet, medfølelse og forsiktighet mens de fortsetter sin farefulle reise mot helligdommen.

Kapittel 7 - Midtpunkt - Betydelig hendelse

En betydelig hendelse inntreffer som ugjenkallelig endrer historiens bane og påvirker Alex Mercer og gruppens reise dypt. Under ekspedisjonen deres for å bekrefte eksistensen av den ryktede trygge havn, møter gruppen et overlevende samfunn, men denne oppdagelsen har store kostnader.

Oppdagelsen av et overlevende fellesskap:

Etter dager med forsiktig reise, kommer Alex og speiderteamet over utkanten av en godt bevoktet bygd. Det er ikke den ryktet trygge havn de i utgangspunktet søkte, men et selvforsynt samfunn som har klart å befeste en liten by mot truslene utenfor. Samfunnet er på vakt mot utenforstående, men blir til slutt overbevist om å snakke takket være Alexs diplomatiske tilnærming og de synlige ferdighetene og ressursene gruppen kan tilby.

Dette fellesskapet, kjent som «Havenbrook», har elektrisitet fra solcellepaneler, drivhus for mat, og et skinn av lov og orden vedlikeholdt av et råd. De er åpne for handel og deling av kunnskap, men er selektive når det gjelder nye medlemmer som melder seg inn i rekkene deres. Gruppen inviteres til å hvile og forsyne seg, og de lærer av Havenbrooks innbyggere om utfordringene de har møtt, fra interne konflikter til forsvar mot raiderangrep.

Alex Mercer: "Alle, hold opp. Ser du de festningsverkene? Det er ikke en hvilken som helst gammel bygd. La oss nærme oss med forsiktighet og respekt."

(Gruppen nærmer seg sakte og åpent inngangen til bosetningen. De blir stoppet av væpnede vakter.)

Vakt: "Stopp! Oppgi din virksomhet."

Alex Mercer: "Vi er fredelige reisende som leter etter et trygt sted. Jeg heter Alex Mercer. Vi har dyktige folk og er villige til å handle. Vi mener ingen skade."

Vakt: "Vent her."

(Etter en anspent ventetid kommer en representant fra samfunnet for å snakke med dem.)

Samfunnsrepresentant: "Jeg er Elaine, en del av rådet. Vi er forsiktige med hvem vi slipper inn. Hva får deg til å tro at du har noe vi trenger?"

Agatha: "Jeg har kunnskap om landbruk som kan bidra til å forbedre avlingene dine, og vi har kommet over frø som kan være av interesse for deg."

Ethan: "Og jeg er en medisiner. Jeg kan tilby mine tjenester, hjelpe til med å trene andre, eller hjelpe på alle måter jeg kan."

(Elaine vurderer tilbudet deres og gestikulerer dem innover.)

Elaine: "Dine ferdigheter er virkelig verdifulle. Vi kan tilby deg et sted å hvile og forsyne deg. I bytte vil vi gjerne lære av deg."

(Inne i Havenbrook blir gruppen overrasket over skinnet av normalitet.)

Einar: "Du har strøm her. Det er imponerende."

Samfunnsingeniør: "Solcellepaneler. Det tok mye rensing og reparasjon, men vi har et pålitelig rutenett for det viktigste."

Lily: "Og du har klart å holde orden også?"

Elaine: "Det er ikke uten utfordringer. Vi har måttet forsvare oss mot raiders, håndtere interne tvister, men vi opprettholder et råd for å holde ting demokratisk."

(Når gruppen utveksler kunnskap og historier, forstår de kostnadene ved å opprettholde et slikt fellesskap.)

Morgan: "Du har bygget noe spesielt her, men jeg kan se at det ikke har vært lett."

Elaine: "Det er aldri noe verdt å ha. Vi har mistet gode mennesker til raiders, til ulykker. Men vi fortsetter. Det er hva det betyr å være en del av Havenbrook."

(Alex og gruppen er dypt påvirket av motstandskraften til Havenbrook. De ser potensialet for en ny type liv, en som balanserer verdens harde med håp om fellesskap.)

Alex Mercer: "Takk for gjestfriheten, Elaine. Havenbrook er et vitnesbyrd om hva menneskeheten kan oppnå. Vi vil ta lærdommen her sammen med oss."

Elaine: "Trygge reiser, Alex. Og husk, verden er hva vi gjør den til. Fortsett å kjempe for noe bedre."

(Gruppen forlater Havenbrook med nye forsyninger, kunnskap og en fornyet følelse av hensikt, men også med den dystre forståelsen av ofrene som kreves for å opprettholde et slikt samfunn.)

Betydelig tap i konsernet:

Gleden ved denne oppdagelsen er imidlertid kortvarig. Mens gruppen legger planer for destinasjonen i nord, blir de overfalt av en gjeng raiders. I det påfølgende kaoset lider gruppen et betydelig tap: Ethan er kritisk skadet. Til tross for gruppens beste innsats, klarer de ikke å redde ham, og de blir tvunget til å konfrontere den hjerteskjærende virkeligheten av hans bortgang.

Ethans død sender sjokkbølger gjennom gruppen. Ikke bare har de mistet en venn og et nøkkelmedlem i overlevelsesteamet deres, men de har også mistet sin primære medisinske leverandør. Dette tapet merkes dypt av hvert medlem, spesielt Emma, som hadde knyttet et nært bånd med Ethan. Gruppen holder et lite, dystert minnesmerke, og lover å huske Ethan og håpet han representerte.

(Gruppen, energisk av sitt nylige møte med Havenbrook, blir plutselig overrumplet av et bakholdsangrep. Raiders dukker opp fra gjemmesteder, og gruppen kjemper for å forsvare seg. Midt i kaoset finner en raiders kule sine spor.)

Lucas: "Ethan har blitt truffet! Ethan!"

(Gruppen klarer å avvise raiderne, men seieren er tom. De skynder seg til Ethans side.)

Emma: "Ethan, bli hos meg, vær så snill. Du kan ikke gjøre dette mot meg."

Ethan: "Det er... det er greit, Emma. Dere kommer til å klare det. Alle sammen... fortsett."

(Til tross for gruppens paniske innsats, er Ethans skader for alvorlige. Han går bort med vennene sine ved sin side. Gruppen er innhyllet i sorg.)

Alex Mercer: "Han er borte... Ethan er borte."

Morgan: *"Vi kan ikke bli her; det er ikke trygt. Vi må flytte, men først skylder vi Ethan å si farvel."*

(Gruppen forbereder raskt et minnesmerke for Ethan, deres hjerter er tunge av tap.)

Lily: *"Ethan var den beste av oss. Han reddet liv, og han ga alt for denne gruppen."*

Agatha: *"Vi vil aldri glemme det du har lært oss, Ethan. Din arv vil leve videre med hvert liv vi redder, med hver person vi hjelper."*

Emma: *(Gjennom tårer) "Du viste meg godhet da jeg trodde det var borte fra denne verden. Jeg vil alltid bære det med meg. Jeg lover at vi vil fortsette å kjempe, akkurat som du ville ha ønsket."*

(Gruppen står sammen i et øyeblikks stillhet, hver fortapt i sine minner og smerten ved tapet.)

Alex Mercer: *"Vi burde flytte ut. Ethan ville at vi skulle fortsette, finne helligdommen og sørge for at hans død ikke var forgjeves."*

Morgan: "Alex har rett. Vi må holde oss sterke, for Ethan, for oss alle. La oss pakke sammen og dra nordover som planlagt."

(Gruppen pakker høytidelig sammen eiendelene sine, deres besluttsomhet forherdes av tragedien. Ethans minne blir et fyrtårn, som leder dem videre på deres forræderske reise for å hedre hans liv og deres felles drøm om en trygg havn.)

Virkningen av midtpunktet:

Oppdagelsen av Havenbrook og tapet av Ethan representerer romanens midtpunkt - et vendepunkt som endrer spillet for Alex og de andre. Havenbrook gir et glimt av hvordan et strukturert fellesskap kan se ut og gir verdifull innsikt og allianser for deres fortsatte overlevelse. Ethans død er imidlertid en sterk påminnelse om skjørheten i livet i den post-apokalyptiske verden og den alltid tilstedeværende faren som omgir dem.

Alex Mercer: "Det stedet... Havenbrook. Det viste oss hva som er mulig, hva vi kan være en del av. Men å miste Ethan... Det er en påminnelse om hvor raskt ting kan snu."

Morgan: "Vi har sett hva som kan bygges, Alex. Havenbrook er en modell for oss, men Ethans bortgang... det er en høy pris å betale."

Alex Mercer: "Det er på meg. Jeg er den som leder oss, og Ethan... Han var mitt ansvar."

Lily: "Alex, vi kjenner alle risikoene. Ethan kjente dem også. Dette er ikke på deg – det er på raiders, på denne ødelagte verden."

Agatha: "Ethan vil fortelle oss å se fremover, å lære av dette. Vi må være mer forsiktige, mer forberedt. Vi har ikke råd til et nytt tap som dette."

Emma: "Han var mitt anker i all denne galskapen. Hvordan skal vi bare gå videre?"

Alex Mercer: "Vi bærer Ethan med oss. I minnene våre, i måten vi beskytter hverandre på. Vi blir smartere, sterkere. Vi skylder ham så mye."

Einar: "Han ville ha ønsket at vi skulle nå helligdommen, finne den freden han alltid snakket om."

Morgan: "Vi må tilpasse oss uten hans medisinske ferdigheter. Hver av oss må kanskje ta på oss mer, lære litt grunnleggende førstehjelp. Vi kan ikke være like avhengige av én person lenger."

Alex Mercer: "Havenbrook ga oss allierte, kunnskap. Vi vil bruke det. Vi vil overleve, ikke bare for oss selv, men for Ethan og for de som kan bli med oss på denne reisen."

Lily: "Innsatsene er høyere nå, men det er vår beslutning også. Havenbrooks eksistens betyr at det er håp, og Ethans død vil ikke være forgjeves. Vi kommer til helligdommen."

Alex Mercer: "Vi går videre med tunge hjerter, men også med et fornyet formål. For Ethan, for oss alle. La oss gjøre oss klare til å dra ved daggry. Helligdommen venter."

(Gruppen nikker samtykkende, hvert medlem føler vekten av øyeblikket – tapet og håpet – mens de forbereder seg til neste etappe av reisen.)

For Alex er dette et øyeblikk av både refleksjon og besluttsomhet. Tapet av Ethan forsterker vekten av ansvaret de bærer som leder. Det er en nøktern leksjon om kostnadene ved å overleve og viktigheten av avgjørelsene de tar. Det tjener også til å styrke deres vilje til å finne den ryktede trygge havn, et sted hvor gruppen kan finne ekte trygghet og begynne å helbrede fra tapene deres.

Midtpunktet endrer gruppens dynamikk, og tvinger dem til å tilpasse seg fraværet av Ethans medisinske ekspertise. Det kan også anspore dem til å ta større forholdsregler og revurdere deres tilnærming til tillit og engasjement med andre overlevende. Historiens innsats øker, og gruppens besluttsomhet settes på prøve mens de fortsetter søken etter et nytt hjem, og bærer både minnet om deres tapte venn og håpet om at Havenbrook har tent i dem.

Akt 3: Midten (Del 2): Kapittel 8: Intern konflikt Ekstern trussel – Virulent FLU-belastning

Mens gruppen fortsetter reisen, har tapet av Ethan og oppdagelsen av Havenbrook etterlatt en kompleks følelsesmessig og praktisk innvirkning. Disse hendelsene katalyserer en rekke interne konflikter og eksterne trusler som intensiverer gruppens kamp for å overleve.

Interne konflikter:

Sorgen over Ethans død skaper splid i gruppen. Emma blir tilbaketrukket, sorgen hennes manifesterer seg i en motvilje mot å engasjere seg med de andre og tap av hennes vanlige varme. Agatha, som hadde dyrket håp gjennom sin småskala landbruksinnsats, begynner å tvile på muligheten for noen gang å oppnå stabilitet og sikkerhet igjen.

Alex står overfor utfordringen med å holde moralen høy samtidig som han respekterer gruppens behov for å sørge. De må navigere i den delikate balansen mellom å gi rom for sorg og å presse seg frem med overlevelsesplanen. Lucas går opp for å støtte Alex, og anerkjenner viktigheten av sterkt lederskap i en så turbulent tid.

Morgan, alltid pragmatikeren, insisterer på at gruppen må fokusere på praktiske saker, for eksempel å finne en ny medisinsk forsyningskilde og revurdere forsvarsstrategiene deres uten Ethans medisinske backup. Denne pragmatiske tilnærmingen kolliderer noen ganger med de følelsesmessige behovene til gruppen, noe som fører til opphetede diskusjoner og et behov for Alex å megle.

Eksterne trusler:

Trusselen om raidere er alltid tilstede, ettersom bakholdet som førte til Ethans død har gjort det klart at ruten deres blir overvåket. Morgans strategiske sinn blir satt på prøve mens de jobber med å lage nye reiseplaner som unngår kjente raider-territorier og bruker motovervåkingstaktikker.

Gruppen står også overfor realiteten at Havenbrook, selv om den i utgangspunktet er velkommen, ikke er en garantert trygg havn for dem. Fellesskapet har sine egne strenge regler for å akseptere nye medlemmer, og det er en underliggende spenning når Havenbrooks ledelse vurderer gruppens langsiktige tilpasning. Lily, med sin uskyld og optimisme, blir en utilsiktet bro mellom gruppen og Havenbrooks forsiktige innbyggere, og viser begge sider at samarbeid er fordelaktig.

I tillegg må gruppen kjempe med miljøfarene som har blitt mer uforutsigbare. Værmønstre har endret seg på grunn av atomnedfallet, noe som fører til uventede stormer og tøffe forhold som tester deres ly og ressursinnsamlingsstrategier.

Økte innsatser:

Etter hvert som historien skrider frem, økes innsatsen av fremveksten av en ny trussel: en virulent influensastamme som begynner å spre seg blant de overlevende. Uten Ethans medisinske ekspertise er gruppen enda mer sårbar. Influensaen legger til et presserende press for å finne den ryktede trygge havn, som sies å ha medisinske fasiliteter og utdannede leger.

Alex Mercer: "Vi har et nytt problem. Det er snakk om en influensastamme som sprer seg blant de overlevende. Uten Ethan er vi i en alvorlig ulempe."

Morgan: "Den trygge havn ... det er vårt beste skudd nå. De har medisinske fasiliteter, leger. Vi må komme dit raskt."

Lily: "Men hva om vi får influensa på vei dit? Vi er utsatt her ute, spesielt uten Ethan."

Alex Mercer: "Vi må være smarte. Unngå andre grupper når vi kan, hold oss friske. Det er en fin linje mellom å unngå influensa og å nå sikkerhet."

Einar: "Vi kan imidlertid ikke bare tenke på oss selv. Hvis vi møter andre som er syke, hva da? Hjelper vi dem?"

Agatha: "Ethan ville ha hjulpet. Men uten ham risikerer vi hele gruppen. Det er et forferdelig valg å ta."

Emma: "Vi kan ikke miste vår medmenneskelighet over dette. Det må være en balanse, en måte å være trygg på og stille... fortsatt være oss."

Alex Mercer: "Det kommer til å handle om vanskelige beslutninger. Vi må kanskje avvise folk for gruppens sikkerhet. Jeg hater det, men det er en realitet vi ikke kan ignorere."

Morgan: "Vi har overlevd så lenge fordi vi holder sammen. Vi kan ikke la frykt endre det. Vi må være forsiktige, men vi kan ikke miste hvem vi er."

Lily: "Vi kommer oss gjennom dette som om vi har kommet oss gjennom alt annet - ved å stole på hverandre. Samholdet vårt har alltid vært vår styrke."

Alex Mercer: "Innsatsene har aldri vært høyere, men det har heller ikke vår besluttsomhet. Vi skal navigere i dette, influensa, raidere, alt sammen. Vi vil nå helligdommen, for Ethan, for alle oss som har falt underveis."

Einar: "La oss sørge for at vi har nok forsyninger og at alle kjenner symptomene de må passe på. Vi er ikke bare overlevende, vi er krigere."

Alex Mercer: "Riktig. Vi tar det en dag av gangen. Pass på hverandres rygger. Den trygge havn er der ute, og vi kommer til å finne den."

(Gruppen bekrefter sin forpliktelse til hverandre, og forstår alvoret i situasjonen. Mens de forbereder seg på å gå videre, truer influensaen trusselen, men deres felles mål om å nå den trygge havn holder dem fokuserte og målbevisste.)

Alex er nå mer enn noen gang tvunget til å ta vanskelige beslutninger som veier gruppens umiddelbare sikkerhet mot potensialet for langsiktig sikkerhet. De indre konfliktene og de ytre truslene smelter sammen til et kritisk punkt i fortellingen, der ethvert valg kan bety forskjellen mellom liv og død, enhet eller oppløsning.

I denne smeltedigelen av utfordringer testes gruppens bånd. De må støtte seg på hverandres styrker og tilgi hverandres svakheter. «Dødens lukt» ruver større enn noen gang, men det gjør også den menneskelige evnen til motstandskraft og håp. Som hovedperson må Alex stå opp for anledningen og veilede gruppen gjennom disse tiltagende utfordringene, vel vitende om at suksessen til oppdraget deres avhenger av deres evne til å navigere både i konfliktene innenfor og truslene utenfra.

Kapittel 9: Sjelens mørke natt

"The Dark Night of the Soul" er et narrativt øyeblikk når Alex treffer det laveste punktet, der omstendighetene virker uoverkommelige og alt håp ser ut til å være ute. For Alex Mercer og gruppen kommer dette øyeblikket etter en rekke ødeleggende tilbakeslag.

Etter de interne konfliktene og de eksterne truslene, når gruppen til slutt koordinatene til den ryktede trygge havn bare for å oppdage at den har blitt overkjørt av raiders. Helligdommen de hadde sett for seg er ikke annet enn en ulmende ruin, et resultat av en voldelig maktkamp som ikke etterlot noen overlevende. Gruppens drømmer om en ny begynnelse er knust, erstattet av den dystre virkeligheten at det ikke er noe trygt sted igjen å gå.

I kjølvannet av denne oppdagelsen blir gruppen tvunget til å slå leir i et ugjestmildt område med synkende forsyninger. En kraftig storm rammer og anstrenger ressursene og moralen deres ytterligere. Tilfluktsrommet de raskt bygger holder seg knapt mot elementene, og de lider av kulde og eksponering. Agathas nøye bevarte frø blir ødelagt av stormen, og gruppens siste reserver av rent vann er forurenset.

I løpet av denne tiden blir Lily alvorlig syk, en sterk påminnelse om Ethans fravær og gruppens sårbarhet uten skikkelig medisinsk behandling. Lucas militære trening er til liten nytte mot en slik fiende, og Emmas forsøk på å opprettholde en følelse av håp vakler når hun ser Lilys tilstand forverres.

Morgan, som alltid har vært gruppens strateg, opplever at ingen planlegging kunne ha forberedt dem på dette. Gruppens samhold begynner å slite når frykt og fortvilelse setter inn. Det bryter ut krangel om hva de skal gjøre videre, med noen medlemmer som foreslår at de går fra hverandre for å øke sjansene for å overleve.

For Alex Mercer er dette smeltedigelen. De er preget av selvtillit og skyldfølelse, og stiller spørsmål ved deres beslutninger og lederskap. Alex føler tyngden av hvert medlems blikk, og ser til dem for veiledning når det ser ut til å ikke være noen å gi. "The Whiff of Death" er ikke lenger en metafor, men en håndgripelig tilstedeværelse i deres midte, som truer med å kreve dem slik den har hevdet så mange andre.

I denne mørke sjelens natt må Alex konfrontere muligheten for å mislykkes og det potensielle tapet av gruppen. Det er et øyeblikk med introspeksjon og regnskap, hvor de må grave dypt for å finne styrken til å samle gruppen og gå videre. Historien krever at Alex finner en gnist av håp i mørket, en grunn for gruppen til å holde sammen og fortsette å kjempe for å overleve.

Alex Mercer: "Dette... Dette kan ikke være det. Den trygge havn, den er borte. Alt sammen."

Morgan: "Raiderne etterlot ingenting, Alex. Ikke engang et tilfluktsrom for oss å bruke. Hva gjør vi nå?"

Lily: (Hoster) "Jeg føler meg ikke så bra, folkens. Det er så kaldt..."

Emma: "Hold fast, Lily. Vi skal... vi finner ut av noe. Vi må."

(Stormen raser utenfor det spinkle lyet.)

Agatha: "Frøene, de er ødelagt! Alt som fungerer, for ingenting!"

Lucas: "Militærtrening forbereder deg ikke på dette... denne håpløsheten."

Einar: "Vannet vårt er forurenset. Vi kan ikke vare lenge uten rent vann."

(Argumenter begynner å bryte ut blant gruppemedlemmene.)

Morgan: "Kanskje oppdeling er vår eneste mulighet nå. Mindre grupper kan ha en bedre sjanse."

Alex Mercer: "Slitte opp? Nei. Vi kan ikke. Vi må holde sammen."

Emma: "Alex, du har alltid funnet en måte. Fortell oss at det er en plan. Fortell oss at vi ikke kommer til å ende opp som... som de i den trygge havn."

(Alex Mercer er stille og kjemper med tyngden av situasjonen.)

Alex Mercer: "Jeg vet ikke. For første gang vet jeg ikke hva jeg skal gjøre. Jeg trodde jeg kunne lede oss til et bedre sted, men jeg har ført oss til dette."

Lucas: "Vi er ikke døde ennå, Alex. Vi puster fortsatt, og så lenge vi er det, er det en sjanse."

Agatha: "Lucas har rett. Vi kan ikke gi opp. Ethan ville ikke gitt opp."

Morgan: "Vi må tenke på overlevelse. Først finner vi en ny vannkilde. Deretter bygger vi et skikkelig ly."

Alex Mercer: "Du har rett. Jeg lar fortvilelsen komme til meg. Vi er ikke ferdige ennå. Vi har overlevd så lenge, og vi kan overleve dette. Vi må fortsette å bevege oss, fortsette å kjempe."

(Lilys tilstand forverres, og Emma holder seg nær henne.)

Emma: "Vi kan ikke forlate Lily slik. Hun trenger hjelp."

Alex Mercer: "Vi tar skift. Hold henne varm, hold henne hydrert med det rent vann vi har igjen."

Einar: "Og når stormen bryter, finner vi en ny vei. Det må være flere der ute. Flere folk, et annet sted å kalle hjem."

Alex Mercer: "Vi har vært gjennom helvete, men vi er fortsatt her. Vi skylder Ethan, til alle de vi har mistet, å fortsette. Vi finner håp, eller vi klarer det. Det er vår vei fremover. "

(Gruppen, klemt sammen, møter stormen og usikkerheten om fremtiden deres. I denne mørke sjelens natt finner de en fornyet besluttsomhet om å overleve, å hedre de de har mistet, og å kjempe for det minste glimt av håp i horisonten.)

Dette lavpunktet er et sentralt øyeblikk i den narrative buen, og setter scenen for en potensiell gjenoppblomstring og det siste dyttet mot oppløsning. Den utfordrer karakterene til å utvikle seg og tilpasse seg, og den tester deres motstandskraft i møte med overveldende motgang. Hvordan Alex og gruppen reagerer på denne mørke natten vil definere veien videre og forme historiens klimaks.

Etter "Dark Night of the Soul" sliter gruppen med å finne en grunn til å fortsette, håpet deres er nesten slukket av det harde slaget fra deres virkelighet. Det er i dette øyeblikket av fortvilelse at en sentral hendelse inntreffer, som gjenoppliver gruppens besluttsomhet om å overleve og gjenoppbygge.

Alex Mercer: "Vi kan ikke bli her. Raiderne, influensaen, stormene... det er for mye. Vi trenger et mål, en ny destinasjon. Noen ideer?"

Morgan: "Jeg hørte rykter før alt gikk ned. Historier om et sted over havet, i Afrika. De sa at det var uberørt av krigen."

Agatha: "Afrika? Men det er... det er et helt annet kontinent. Hvordan skulle vi i det hele tatt komme dit?"

Lucas: "Det er ikke umulig. Vi vil trenge et skip, forsyninger for en lang reise, og masse hell."

Einar: "Og hva med reisen dit? Vi måtte passere gjennom territorier holdt av raiders, navigere på åpent hav. Det er en stor risiko."

Emma: "Men hvis det er sant, hvis det er en sjanse for en ny start, bør vi ikke ta den? Ethan vil at vi skal kjempe for en fremtid."

Lily: (Svak) "Jeg vil ikke dø i denne ødemarken... Hvis det er håp et annet sted, vil jeg se det."

Alex Mercer: "Det handler ikke bare om å overleve lenger. Det handler om å leve. Hvis det er en sjanse *for at Afrika kan være det stedet, så... så skylder vi oss selv å prøve."*

Morgan: "Vi må være smarte. Samle kart, lære om strømmer, kanskje finne noen med seilingserfaring."

Agatha: "Og vi trenger medisin, mat, vann... nok til å vare til vi kommer i land."

Lucas: "Det kommer til å bli det vanskeligste vi noen gang har gjort. Men å bli her kan være en dødsdom uansett."

Einar: "Vi har kommet så langt. Vi er ikke de samme redde menneskene som vi var da alt startet. Dette klarer vi."

Emma: "For Lily, for oss alle. La oss finne en måte å gjøre denne reisen på. La oss finne håp igjen."

Alex Mercer: "Ok, vi begynner å forberede oss. Vi lærer alt vi kan og samler det vi trenger. Afrika er vår nye horisont. La oss gjøre denne mørke natten til en ny daggry."

Agatha: "Det er mer enn vi kunne ha håpet på. Det er alt vi trenger."

Emma: "Det føles som... som om Ethan passer på oss."

Alex Mercer: "Da er det avgjort. Vi setter seil mot Afrika. Vi må lære å navigere, jobbe båten, men vi har møtt verre."

Lily: "Gjør vi virkelig dette? La alt ligge igjen?"

Alex Mercer: "Vi forlater ikke alt. Vi bærer minnene våre, håpene våre med oss. Denne yachten, det er en ny begynnelse. En sjanse til å bygge livet vi har drømt om."

Einar: "Så hever vi ankeret. Det er på tide at vi legger dette stedet bak oss."

Morgan: "Til Afrika, da. Til fremtiden."

(Gruppen jobber sammen for å sette yachten i bevegelse, humøret løftet av utsiktene til et nytt hjem. Når strandlinjen trekker seg tilbake, begynner reisen mot en håpefull horisont.)

Kapittel 10 - Afrika - Strid om ressursallokering fra verdensledere

I kjølvannet av atomkatastrofen, står verdenslederne som har søkt et fristed i Afrika, nå overfor den skremmende oppgaven å gjenoppbygge det tapte. Men mens de samles rundt et stort, ovalt bord i et rom som har blitt gjenbrukt som det nye senteret for globalt styresett, ulmer spenningene under fineren av enhet.

President Katherine "Kate" Marshall, hennes stemme fast og resolut, argumenterer for at ressurser bør tildeles basert på de overlevendes umiddelbare behov, med prioritering av medisinsk hjelp og matdistribusjon. Hun insisterer på at et demokratisk system må overvåke prosessen, et som er gjennomsiktig og rettferdig for alle nasjoner.

General Wei Feng, hans holdning er stiv med militær presisjon, motvirker at en mer sentralisert form for ledelse er nødvendig i krisetider. Han mener de med erfaring innen logistikk og strategi, som militære personer, bør ha større kontroll over ressursallokeringen for å sikre effektivitet og orden.

Dr. Marcus Flint, alltid fornuftens stemme, skyter inn med en påminnelse om at det vitenskapelige samfunnet ikke må settes på sidelinjen. Han understreker at eksperter innen miljøvitenskap, landbruk og medisin er avgjørende i beslutningstaking for å unngå fremtidige katastrofer og for å sikre langsiktig levedyktighet til deres nye samfunn.

Imam Yasir Al-Fahim taler deretter, og understreker viktigheten av moralsk veiledning og etiske hensyn i ledelse. Han foreslår et råd som inkluderer religiøse skikkelser for å gi balanse og sikre at befolkningens åndelige behov ikke blir neglisjert i hastverket med å løse materielle bekymringer.

Eleanor Harwood, med en lidenskap i stemmen som matcher hennes påvirkningsarbeid, insisterer på at stemmene til de fordrevne og marginaliserte må bli hørt. Hun foreslår at det opprettes rådgivende styrer bestående av representanter fra ulike flyktninggrupper for å gi dem medbestemmelse i hvordan bistanden fordeles.

General Viktor Sokolov, med et stålsatt blikk, bringer oppmerksomhet til sikkerhetshensyn. Han argumenterer for at uten et sterkt forsvarssystem for å beskytte det de bygger opp igjen, risikerer de å havne i kaos igjen. Hans holdning er at ledelse må inkludere et betydelig fokus på å opprettholde fred gjennom styrke.

Midt i denne heftige diskusjonen tar Dr. Kwame Adomako notater, øynene hans beveger seg fra taler til taler. Han anerkjenner viktigheten av hvert perspektiv, men også behovet for kompromisser. Som koordinator for denne forsamlingen foreslår han en hybrid tilnærming, som kombinerer demokratiske prinsipper med strategisk tilsyn fra erfarne ledere, samtidig som han sikrer at etiske og vitenskapelige hensyn er i forkant av deres nye verdensorden.

Debatten fortsetter, og hver leder presenterer sin visjon for fremtiden. Luften er tykk av tyngden av ordene deres, og det haster med å handle er til å ta og føle på. Mens de snakker, blir det klart at veien videre er full av utfordringer, men den er også moden for muligheten til å redefinere hva lederskap betyr i en verden som har sett randen av ødeleggelse.

President Katherine "Kate" Marshall: "Vi må prioritere ressursene våre for medisinsk hjelp og mat. Det er ikke omsettelig. De overlevende er avhengige av oss. Og vi trenger et transparent, demokratisk system for å overvåke denne prosessen."

General Wei Feng: "President Marshall, mens jeg respekterer dine demokratiske idealer, trenger vi sentralisert ledelse nå. Effektivitet er nøkkelen, og militær ekspertise innen logistikk kan gi det."

Dr. Marcus Flint: "La oss ikke glemme det vitenskapelige samfunnet. Vår ekspertise er avgjørende for å gjenoppbygge et samfunn som er bærekraftig. Vi har ikke råd til å gjenta tidligere feil."

Imam Yasir Al-Fahim: "I vår hast med å gjenoppbygge, må vi ikke miste vårt moralske kompass av syne. Jeg foreslår at religiøse ledere blir en del av rådet for å sikre at vi møter de åndelige behovene til vårt folk."

Eleanor Harwood: "Og hva med de fordrevne, de marginaliserte? Deres stemmer må bli hørt. Vi trenger rådgivende styrer med representanter fra disse gruppene for å veilede oss i bistandsdistribusjon."

General Viktor Sokolov: "Sikkerhet er overordnet. Uten et sterkt forsvar kan vår innsats for å gjenoppbygge være for intet. Vi må beskytte vårt nye samfunn, og det krever fokus på militær styrke."

(Dr. Kwame Adomako bruker et øyeblikk på å observere rommet før han snakker.)

Dr. Kwame Adomako: "Hver av dere bringer et viktig perspektiv til bordet. Det vi trenger er et hybridsystem. Et demokratisk fundament med strategisk tilsyn, informert av vitenskapelig kunnskap og etisk veiledning."

(Lederne fortsetter å debattere, hver lidenskapelig opptatt av sin holdning.)

President Katherine "Kate" Marshall: "Vi kan ikke tillate effektivitet å overskygge folkets stemme. Vår nye verden må bygges på prinsippene om rettferdighet og likhet."

General Wei Feng: "Jeg står ved poenget mitt. Orden og struktur vil redde liv nå. Vi har ikke råd til å bli fastlåst av endeløs debatt."

Dr. Marcus Flint: "Og vi kan ikke glemme viktigheten av langsiktig planlegging. Vi trenger bærekraftig praksis fra starten av."

Imam Yasir Al-Fahim: "Vi må huske at gjenoppbygging av samfunnet ikke bare handler om strukturer og lover. Det handler om den menneskelige ånden også."

Eleanor Harwood: "De mest sårbare blant oss bør ikke være en ettertanke. Deres behov og stemmer må forme våre beslutninger."

General Viktor Sokolov: "Jeg er enig i å sikre at de sårbare blir beskyttet, og det er grunnen til at vårt forsvar må være uangripelig."

(Dr. Kwame Adomako lytter og skyter så inn en gang til.)

Dr. Kwame Adomako: "La oss ta disse forskjellige synspunktene og lage en lederskapsmodell som gjenspeiler dem alle. Det vil ikke være lett, men det er den eneste måten vi vil lykkes på. Vi lager en ny verden, og det krever beste av alle våre ideer."

(Rommet, fylt med alvoret i deres monumentale oppgave, slår seg inn i en mer samarbeidende tone når lederne begynner å vurdere mulighetene for Dr. Adomakos hybride tilnærming.)

Akt 4: Slutten: Kapittel 11 - Klimakset

Mens Alex Mercer og gruppen hans reiser mot de kringkastede koordinatene, står de overfor en mengde logistikk- og reisehindringer før de til slutt ankommer den afrikanske kysten.

Reisen til Afrika var full av fare, en nådeløs prøve på utholdenhet og besluttsomhet. Alex Mercer, som ledet en tullete gruppe overlevende, navigerte i det forræderske post-apokalyptiske landskapet, med siktemålet rettet mot de kringkastede koordinatene som lovende helligdom.

Alex Mercer: "Hold øynene på horisonten. Vi er nærmere enn vi noen gang har vært til å komme oss til den afrikanske kysten."

Morgan: "Navigasjonssystemet feiler igjen. Vi flyr i blinde her ute uten det."

Lucas: "La meg ta en titt. Det er ikke slik at vi har en teknisk støttetelefon lenger."

Emma: "Hvordan holder drivstoffet seg? Vi har ikke råd til å bli strandet her ute."

Einar: "Løper på røyk og bønner. Men jeg har et triks eller to igjen for å presse ut noen mil til."

Lily: "Jeg fanget noe! Det er ikke mye, men det blir nok til et måltid."

Agatha: "Godt gjort, Lily! La oss forberede det nøye. Vi har ikke råd til noe avfall."

Alex Mercer: "Husk å sjekke avsaltingsfiltrene. Vann er like viktig som drivstoff akkurat nå."

Emma: "Jeg har dekket det, Alex. Filtrene holder seg, men vi må finne flere deler ved neste port - hvis det er en."

Lucas: "Fikk opp igjen nav-systemet. Det er ikke perfekt, men det vil bringe oss dit. Vi må bare holde utkikk."

Einar: "Apropos utkikk, jeg har sett litt rusk foran meg. Kan være nyttig skrap eller reservedeler."

Morgan: "La oss styre unna det for nå. Det siste vi trenger er å skade skroget og ta på vann."

Alex Mercer: "*Enig. Alle sammen, vær på vakt. Afrika er innen rekkevidde. La oss ikke miste det nå.*"

(Gruppen fortsetter sin strabasiøse reise, og hvert medlem spiller en avgjørende rolle i deres kollektive overlevelse når de nærmer seg destinasjonen.)

Logistikk og reisehinder:

Alex Mercer: "*Vent alle sammen! Denne stormen kommer til å presse oss tilbake til land!*"

(Etter orkanstormen...)

Morgan: "*Yachten har fått juling. Den kommer ikke til å komme oss lenger.*"

Lucas: "*Der - på kysten. Er det et lasteskip? Ser fortært ut, men det kan være billetten vår ut herfra.*"

Einar: "*La oss flytte. Vi må sjekke om den er sjødyktig før vi er helt strandet.*"

(Gruppen finner transportfartøyet...)

Emma: *"Det er ikke pent, men det flyter fortsatt. La oss se om vi får det i bevegelse."*

Lily: *"Hva med sniking? Vi kan ikke ha droner som ser oss ute på åpent vann."*

Agatha: *"Vi skal bruke disse presenningene og noe av vraket. Lag et provisorisk deksel. Det vil ikke lure en nøye inspeksjon, men det burde gjøre oss mindre synlige."*

Alex Mercer: *"Lucas, hvordan ser navigasjonssystemet ut?"*

Lucas: *"Det er et rot, men jeg skal sette sammen noe fra yachtens teknologi og hva enn dette skipet har. Bare gi meg litt tid."*

(Som de unngår fiendens oppdagelse...)

Einar: "Nå blir drivstoffet enda mer verdifullt. Jeg skal utarbeide en ny bevaringsplan."

Morgan: "Hver mil er en seier. La oss ikke glemme det. Vi er overlevende, vi skal klare det."

Emma: "Jeg skal holde øye med fiskelinene og vannforsyningene våre. Vi har ikke råd til å gå tom for heller."

Alex Mercer: "Ok, la oss få dette skipet i bevegelse. Afrika venter, og vi gir ikke opp nå."

(Gruppen jobber utrettelig for å sette lasteskipet på kurs, og navigerer gjennom det grove havet mot målet.)

Da de nærmet seg den afrikanske kysten, guppet gruppens transportfartøy, et gjenbrukt lasteskip med et provisorisk stealth-deksel, usikkert gjennom den grove sjøen. Navigasjonssystemet, juryrigget av rensede komponenter, flimret under belastningen av konstant bruk. Hver mil som ble vunnet var en seier mot oddsen, da de unngikk de våkne øynene til fiendtlige droner og fiendtlige styrker som fortsatt patruljerer vannet.

Drivstoff var lite, og hver dråpe ble bevart som den mest dyrebare av varer. Skipets ingeniør, et ungt vidunderbarn som en gang hadde drømt om å jobbe med rommotorer, lokket nå de gamle dieselmotorene til å kjøre på en cocktail av biodrivstoff og håp.

Mat- og vannforsyningen minket, rasjonert til et minimum. Fiske ble en viktig aktivitet, og hver fangst ble feiret som en fest. Avsaltningsfiltre jobbet overtid, og konverterte det salte havet til livsopprettholdende vann, hver slurk til en luksus i denne nye verdenen.

Ankomst til den afrikanske kysten:

Det første synet av land var et følelsesladet øyeblikk for alle om bord. Den afrikanske kysten dukket opp i horisonten, en silhuett av håp mot den lysende himmelen.

De ankret opp utenfor kysten, på vakt mot potensielle trusler. Små lag ble sendt i joller for å speide landingsstedene. Da de nådde kysten, ble de ikke møtt med fiendtlighet, men med nysgjerrige øyne. De lokale urbefolkningen, etter å ha tilpasset seg den nye verdensordenen, var forsiktige, men ikke uvennlige.

Einar: "Land ho! Alle sammen, kom opp på dekk!"

Morgan: "Jeg kan ikke tro det... Det er Afrika. Vi klarte det faktisk."

Lily: "Det er så vakkert... Jeg trodde aldri jeg skulle se land igjen."

Alex Mercer: "Hold feiringen. Vi må ankre opp utenfor kysten og speide området først. Vi vet ikke hva som venter oss der nede."

Agatha: "Jeg skal gjøre jollene klare. Frivillige for speiderlag, la oss ruste opp."

(De små lagene går i land i joller...)

Lucas: "Forbli skarpe, alle sammen. Husk, vi er ikke her for å kjempe. Vi leter bare etter et trygt sted å lande."

(Ved å nå kysten...)

Emma: "Se, det er folk. Lokalbefolkningen, kanskje. De virker ikke fiendtlige."

Einar: "Hei! Vi kommer i fred. Vi leter bare etter et trygt sted."

(En lokal nærmer seg forsiktig...)

Lokal leder: "Hvem er du? Hvor kommer du fra?"

Alex Mercer: "Vi er overlevende, som deg. Vi har reist en lang vei i håp om å finne et nytt hjem."

Lokal leder: "Du har kommet gjennom stormene da? Vi har sett mange som deg. Fremmede i et fremmed land."

Morgan: "Vi mener ingen skade. Vi har ferdigheter, kunnskap. Vi ønsker å hjelpe, hvis vi kan."

Lokal leder: "Vi har lært å være forsiktige, men du vil finne at vi ikke er uvennlige. Kom, la oss snakke."

(Gruppens spenning avtar når de innser at de ikke bare har funnet land, men potensielle allierte.)

Erfaringer med lokalbefolkningen:

Kommunikasjon var en utfordring. Med et lappeteppe av språk og gester formidlet Alexs gruppe sine fredelige intensjoner. Lokalbefolkningen, hvis liv hadde blitt endret av den globale katastrofen, hadde lite å tilby, men delte det de kunne - lokal kunnskap, historier om overlevelse og advarsler om områder som fortsatt er tilsmusset av stråling.

En gjensidig forståelse ble smidd gjennom felles motgang. Innfødte, ledet av en klok eldste hvis en gang blomstrende landsby nå var en ydmyk kommune, ble enige om å veilede Alexs gruppe til koordinatene. De vandret innover i landet, gjennom tett løvverk og over ulendt terreng, landet uberørt av moderne maskineri i årevis.

Alex Mercer: "Vi kommer i fred. Vi leter bare etter et trygt sted å begynne på nytt."

(Bruk en blanding av ødelagte lokale språk og håndtegn...)

Einar: "Mat... Vann... Hjelp?"

Lokalt: "Lille... vi har. Del, vi kan."

Lily: "Takk. Kunnskap? Trygge steder?"

Lokal eldste: "Historier, ja. Trygge veier, farer. Stråling - dårlige steder. Vi viser."

Morgan: "Vi er takknemlige for all veiledning du kan tilby."

(Etter litt diskusjon er lokalbefolkningen enige om å hjelpe...)

Lokal eldste: "Vi veileder deg. Mange dagers tur. Trygg, vi holder deg."

Agatha: "Dette terrenget er tøft. Men det er utrolig hvordan naturen har tatt tilbake landet."

Emma: "Se på det! Er det solcellepaneler? Og jeg kan høre generatorer!"

Local Guide: "Ja, nye mennesker. Mange kommer. Bygg, vokse, leve."

Alex Mercer: "Endelig et tegn på sivilisasjon. Dette må være stedet verdenslederne har slått seg ned."

Lucas: "Det er ikke mye, men det er en start. Vi kan bygge videre på dette. Vi kan lage et nytt hjem her."

(Gruppen ser på leiren med en blanding av lettelse og forventning, klar til å ta fatt på neste fase av reisen.)

Da de nærmet seg den utpekte trygge havn, ble de møtt av synet av en leir, et fyrtårn for sivilisasjonen midt i villmarken. Her hadde verdenslederne og deres følge etablert et skinn av orden. Den provisoriske bosetningen var et liv av aktivitet, med solcellepaneler som glitret i solen og summingen av generatorer som fylte luften.

Gjenforeningen var et øyeblikk med sterke kontraster – tretthet møtt med lettelse, desperasjon med håp. Lederne, inkludert general Wei Feng, president Jianyu Chen og president Katherine «Kate» Marshall, ønsket de nyankomne velkommen. De delte sin visjon om å gjenoppbygge fra asken, om å smi en ny fremtid der det beste fra menneskeheten kunne trives.

President Katherine "Kate" Marshall: "Velkommen, overlevende. Vi har forventet at flere skal finne veien hit."

General Wei Feng: "Din ankomst er et bevis på din motstandskraft. Vi har mye å gjøre."

President Jianyu Chen: "Det er oppmuntrende å se nye ansikter. Sammen har vi en sjanse til å bygge opp igjen."

Alex Mercer: "Takk. Vi har gått gjennom mye for å finne dette stedet. Vi er klare til å bidra."

Morgan: "Det har vært en hard reise, men å se hva du har startet her gir oss håp."

Einar: "Vi har kompetanse, kunnskap. Vi vil være med å bygge denne nye fremtiden."

President Jianyu Chen: "Alle ferdigheter og enhver villig hånd er nødvendig. Vi legger grunnlaget for et nytt samfunn."

General Wei Feng: "Vi må jobbe sammen for å sikre vår sikkerhet og velstand."

Lily: "Vi har sett hva som skjer når folk mister håpet. Vi tror på det du prøver å gjøre her."

President Katherine "Kate" Marshall: "Din tro gir næring til vår innsats. Dette vil være et hjem for alle som ønsker å bli med oss."

Agatha: "Vi har båret frø, bokstavelig og billedlig. Vi er klare til å plante dem her."

Alex Mercer: "Vi er med deg. La oss gå på jobb. For oss, og for de som kommer etter."

(Gruppens besluttsomhet smelter sammen med ledernes visjon, og styrker et felles formål ved bredden av en ny begynnelse.)

Alex Mercer: "Jeg må spørre, før alt dette, hvorfor kunne du ikke komme til enighet for å forhindre katastrofen? Vi har tapt så mye!"

President Katherine "Kate" Marshall: "Alex, verden før var kompleks, fylt med konkurrerende interesser. Vi prøvde, men til slutt mislyktes vi."

General Wei Feng: "Det er ikke et enkelt spørsmål om avtale. Det var mange faktorer, mange spillere. Skylden er kollektiv."

President Jianyu Chen: "Fortiden kan ikke endres, men den hjemsøker oss alle. Vi bærer byrden av våre forgjengeres valg."

Alex Mercer: "Men det er ikke bare deres valg - det er ditt! Dere var lederne. Makten var i dine hender!"

Morgan: "Folk er døde på grunn av disse avgjørelsene. Vår venn Ethan... han er ikke her fordi verden falt fra hverandre!"

President Jianyu Chen: "Vi sørger over alle de tapte, og vi bærer den skyldfølelsen hver dag. Men nå må vi fokusere på å gjenoppbygge."

Einar: "Vi er ikke ute etter unnskyldninger. Vi trenger forsikring om at de samme feilene ikke gjentar seg."

General Wei Feng: "Og du skal ha det. Denne nye verdenen vil bygges på samarbeid, ikke konflikt."

President Katherine "Kate" Marshall: "Vi forstår ditt sinne, din skuffelse. Vi føler det også. La oss bruke det til å gi en bedre fremtid."

Lily: "Vi vil bare sørge for at dette aldri skjer igjen. Ingen skal måtte gå gjennom det vi gjorde."

Agatha: "La oss se fremover, ikke tilbake. Men husk fortiden, så vi er ikke dømt til å gjenta den."

Alex Mercer: "Vi vil holde deg til det. La oss jobbe sammen og sørge for at denne nye epoken er annerledes enn den forrige."

(Luften forblir ladet med en blanding av følelser, men samtalen skifter mot en forpliktelse til en ny og bedre fremtid.)

Alex Mercer og gruppen hans, en gang bare overlevende, var nå en del av noe større – et vitnesbyrd om motstandskraften til den menneskelige ånden, som står samlet på den afrikanske kysten, klare til å møte begynnelsen av en ny æra.

Afrikansk leder: "Jeg har hørt urovekkende rykter. Overlevende fra hele verden, fra Amerika til Australia, er innenfor våre grenser. De leter etter lederne som er ansvarlige for denne katastrofen."

Alex Mercer: "De vil ha rettferdighet, da. Etter alt er det ikke uventet."

President Jianyu Chen: "Rettferdighet? Dette er en oppfordring til hevn. Vi må skille mellom de to hvis vi skal gjenoppbygge."

General Wei Feng: "Vi kan ikke la en heksejakt destabilisere innsatsen vår her. Sikkerhetstiltak må settes på plass."

President Katherine "Kate" Marshall: "Men vi kan ikke bare ignorere deres sinne. Hvis vi gjør det, stivner det og vokser. Vi må ta tak i det direkte."

Morgan: "Kanskje det er en måte å bringe dem inn i folden, få dem til å se at vi alle jobber mot et felles mål nå."

Einar: "Åpenhet kan være nøkkelen. Vis dem at dette ikke er den gamle verdensorden. Vi prøver å gjøre ting annerledes."

Afrikansk leder: "Det er en delikat situasjon. Hvis de føler seg uhørt, kan det føre til uro, eller verre."

Lily: "Vi kan ikke bare vende oss bort fra folk som har lidd. De trenger avslutning, ikke bare løfter om en bedre fremtid."

General Wei Feng: "Kanskje en slags domstol. Et sted hvor klager kan luftes, og fortiden kan legges til hvile offisielt."

Agatha: "Vi må sørge for at det ikke blir et hevnspektakel. Det må handle om helbredelse, ikke gjengjeldelse."

President Katherine "Kate" Marshall: "Vi må nå ut, starte en dialog. Det er tid for forsoning, ikke gjengjeldelse."

Alex Mercer: "La oss sette et eksempel. Vis at hver stemme betyr noe, at vi alle er med på å forme det som kommer videre."

(Lederne og Alexs gruppe erkjenner alvoret i situasjonen og behovet for en forsiktig, inkluderende tilnærming for å håndtere klagene til de overlevende.)

Kapittel 12 – PIVOTALT Øyeblikk - GUDDOMMELIG INTERVENSJON

Over hele kloden, i skyggen av en atomapokalypse, stiger de stille og inderlige bønner fra de troende fra de overlevende helligdommene. Fra minaretene i moskeene, kirkeklokkene, templenes klokkespill, til de stille hjørnene i private hjem, vever et kor av bønn i luften, hver bønn er en tråd i menneskets håps billedvev.

I Afrika er moskeer fylt med rekker av tilbedere, pannen deres berører bakken i utmattelse, søker nåde og veiledning. Imamene leder menighetene i inderlige du'as, deres stemmer stødig med vekten av ansvar, og påkaller Guds nåde over den plagede jorden og dens folk.

Kirker på kontinentet er også fristed for trøst. Det fargede glasset, ubrutt, filtrerer sollyset på de oppovervendte ansiktene til den mangfoldige forsamlingen. Salmer og salmer runger gjennom buene, et resonant kall om utfrielse og fred, mens prester og pastorer gir trøstende ord og leder flokkene sine i bønn.

Templer, med røkelse og ringeklokker, er vert for en mengde troende fra forskjellige religioner. De synger mantraer og sutraer, og søker å påkalle guddommelig medfølelse, deres kollektive meditasjon er en kraftig stille bønn om helbredelse og restaurering.

I Europa er restene av store katedraler og sjarmerende kapeller vitne til en gjenoppblomstring av de troende. Mennesker som en gang hadde vært fremmedgjort fra sin tro, kneler nå på eldgamle steingulv, og gjenoppdager trøst i eldgamle tradisjoner og bønner.

Asias enorme åndelige landskap, fra de store moskeene i Midtøsten til de intrikate templene i Fjernøsten, pulserer med energien til de fromme. Luften vibrerer med lyden av bønner på mange språk, et vitnesbyrd om kontinentets rike billedvev av tro.

Også Amerika ser sine steder for tilbedelse, både storslåtte og ydmyke, fylt med søkere etter trøst og veiledning. I en nasjon som er knust av konflikt, står de trofaste skulder ved skulder, og deres bønner er en blanding av sorg og håp.

Og i dette sentrale øyeblikket, når bønner fra hele verden stiger i et crescendo av kollektiv lengsel, er det et subtilt, men likevel dyptgående skifte. Selv om det ikke er gjennom en stor gest eller et umiskjennelig tegn, føles Guds inngripen i hjertene til de overlevende. Det er i den fornyede styrken de finner til å møte en annen dag, de uventede vennlighetene mellom fremmede og den langsomme, men jevne økningen av solidaritet mellom nasjoner.

I kjølvannet av bønnene finner ledere seg mer tilbøyelige til å lytte, til å strekke ut en fredens hånd. Ressurser deles med en nyvunnet sjenerøsitet, og barrierene som en gang delte menneskeheten begynner å smuldre. Folk fra alle nasjoner begynner å se forbi forskjellene deres, og fokuserer i stedet på deres felles behov for overlevelse og gjenoppbygging.

Den guddommelige inngripen er ikke en adskillelse av havene eller en røst fra himmelen; det manifesteres i den kollektive menneskelige ånden, motstandskraften og de små miraklene av samarbeid som begynner å bane veien mot bedring. Menneskeheten, forent av tap og håp, begynner å forstå at det guddommelige ligger innenfor deres evne til å tilgi, gjenoppbygge og elske i møte med det største mørket de noen gang har kjent.

I Afrika, i en moské

Imam: "I Allahs navn, den mest barmhjertige, den mest barmhjertige, hør våre bønner. Gi oss barmhjertighet og veiled oss gjennom disse prøvende tider."

I en kirke

Pastor: "Himmelske Fader, vi søker Din trøst og Din styrke. I denne nødens stund, la oss føle Din tilstedeværelse blant oss."

I et tempel

Prest: "Må det guddommelige lys helbrede vår verden, bringe fred til de plagede og gjenopprette balansen i naturen."

I Europa, innenfor en katedral

Tilbeder: "Sancte Deus, sancte Fortis, sancte et Immortalis, ha barmhjertighet med oss. Vi vender tilbake til Deg i vår tid med nød."

I Asia, i en moske

Tilbeder: "(Å Allah, helbred de syke, ha nåde med de avdøde, og gi oss trygghet i denne krisen)."

I et buddhistisk tempel

Munk: "Måtte alle levende vesener være fri fra lidelse. Måtte medfølelse og visdom lede oss."

I Amerika, i en felleskirke

Minister: "Herre, vi ber om helbredelse over dette landet. Veiled våre ledere og alle som søker Din visdom."

Over hele kloden, en kollektiv følelse

Mennesker: "La våre bønner bli hørt. Måtte vi finne styrken til å bygge opp igjen, motet til å tilgi og kjærligheten til å forene."

(Når bønnene ordner seg, taler en leder)

President Katherine "Kate" Marshall: "Vi har fått en sjanse til å lytte, til å virkelig høre hverandre. La oss gå videre med nåde."

Afrikansk leder: "Gjenløsheten vi er vitne til i dag vil være hjørnesteinen i vår nye verden. Sammen vil vi bygge opp igjen."

General Wei Feng: "Fortidens barrierer binder oss ikke lenger. Det er vår enhet som vil smi en vei til en lysere fremtid."

(I dette øyeblikket av refleksjon og forbindelse finner både de overlevende og lederne en fornyet følelse av hensikt og håp.)

EN NY VISJONÆR BLÅSKYTT I VERK -

Dr. Kwame Adomako blir sett i ferd med å utarbeide en visjonær plan for en ny koalisjon av nasjoner, med pennen plassert over et dokument som kan redefinere det geopolitiske landskapet. General Wei Feng står i kontemplasjon over et sjakkbrett, symbolsk for den nye verdensstrategien, og plotter trekk og mottrekk mens skjebnen til millioner hviler i balanse.

De siste ordene i bok én gjenlyder bønnene som har blitt hvisket over hele kloden, og i den stillheten begynner en følelse av enhet å stivne blant de overlevende. Den siste scenen forsvinner i en verden som holder pusten, på vei til monumental forandring, begynnelsen av en ny æra like utenfor horisonten.

Dr. Kwame Adomako: "Dette dokumentet vil være grunnlaget for en ny koalisjon, en union av nasjoner ulikt noe vi har sett. Det er vår sjanse til å rette opp fortidens feil."

General Wei Feng: (stirrer på sjakkbrettet) "Vi må tenke flere trekk fremover, Dr. Adomako. Verden vi kjente var et maktspill - dette må være et spill med sameksistens og samarbeid."

Dr. Kwame Adomako: "Akkurat. Det handler om balanse, bærekraft, delt velstand. Vi skal integrere teknologi, økologi, økonomi – alt må tenkes nytt."

General Wei Feng: "Og sikkerhet. Vi kan ikke ignorere behovet for stabilitet i denne nye æraen. Uten den kan det ikke være fred, ingen vekst."

Dr. Kwame Adomako: "En maktbalanse, altså, men ikke som den var. En multilateral verden der ingen enkelt nasjon kan dominere. Tenk på det, general - en omstilling av nasjoner basert på gjensidige interesser, ikke frykt."

General Wei Feng: "*Idealistisk, men etter alt kan idealisme være det vi trenger. Og med pragmatisme kan det fungere.*"

Dr. Kwame Adomako: "*Vi vil inkludere alle i dette, gjøre det virkelig representativt. De gamle maktene, de fremvoksende, de små statene - alle stemmer må bli hørt.*"

General Wei Feng: "*En vanskelig oppgave, men en nødvendig en. La oss begynne.*"

Scenen avsluttes med de to figurene, den ene ser på det konkrete strategibordet, den andre ser for seg det immaterielle nettet til en ny verdensorden. De siste ordene i bok én gir gjenklang med løftet om endring og håpet om en forent menneskehet.

Forteller: "I bønnens stillhet og håpets stillhet stanser verden - på randen av en ny daggry. Det er her vi forlater historien vår, for nå, en verden forent av tap, men bundet av løftet om en en ny æra kan slutte her, men historien om menneskehetens motstandskraft begynner så vidt."

Kapittel 13 - MAD Unleashed: The Cataclysm of World War III Book Two (2)

Etter hvert som siden snur, dukker det opp en teaser for «MAD Unleashed: The Cataclysm of World War III Book Two», som lover dere lesere en reise inn i kjølvannet av ødeleggelsene. Du vil være vitne til fremveksten av usannsynlige helter og fallet til en gang store krefter. Allianser vil dannes på de mest uventede stedene, og nye trusler vil dukke opp fra asken av den gamle verden.

Frøene av håp som ble plantet i hjertene til overlevende vil begynne å slå rot og spire gjennom sprekkene til en knust sivilisasjon. Dr. Amara Khatun vil strebe etter å gjøre ørkener til grønne felt, mens president Katherine "Kate" Marshall vil møte utfordringen med å gjenopplive en nasjons ånd.

Jakten på en kur mot strålingssykdommen som plager de overlevende, vil sende Dr. Marcus Flint og teamet hans på en opprivende reise inn i farlige, ukjente territorier. I mellomtiden vil verden se med tilbakeholdt pust når Cassandra «Cassie» Donovan navigerer i diplomatiets forræderske vann for å inngå en traktat som enten kan sementere fred eller antenne nye konflikter.

I skyggene vil en ny antagonist reise seg, en som truer med å løse opp de skjøre trådene av fred som verden desperat klamrer seg til. Og en cliffhanger-åpenbaring fra slutten av bok én vil løse seg, og lover å snu fremtidens tidevann på måter ingen kunne ha forutsett.

"Følg med for 'MAD Unleashed: The Cataclysm of World War III Book Two', der menneskehetens skjebne vil fortsette å utfolde seg på uventede og spennende måter. Kampen for å overleve har så vidt begynt, og den sanne prøven for den menneskelige ånd er ennå i vente."

Milton Keynes UK
Ingram Content Group UK Ltd.
UKHW020746080724
445166UK00012B/224